現代女性作家読本 ②

小川洋子

YOKO OGAWA

髙根沢紀子　編

鼎書房

はじめに

二〇〇一年に、中国で、日本と中国の現代作家各十人ずつを収めた『中日女作家新作大系』（中国文聯出版）全二十巻が刊行されました。その日本方陣（日本側のシリーズ）に収められた十人の作家は、いずれも現代の日本を代表する作家であり、卒業論文などの対象にもなりつつありますが、同時代の、しかも旺盛な活躍を続けている作家であるが故に、その論評が纏められるようなことはなかなかありません。

そこで、日本方陣の日本側編集委員を務めた五人は、たとえ小さくとも、彼女たちを対象にした論考の最初の集成となるような本を纏めてみようと、現代女性作家の読本シリーズを企画した次第です。

短い論稿ということでかえって書きにくい依頼にお応えいただいた、シリーズ全体では延べ三〇〇人を超える執筆者の皆様に感謝申し上げるとともに、企画から刊行まで時間がかかってしまったこともあって、早くから稿をお寄せいただいた方に大変ご迷惑をおかけしてしまいましたことをお詫び申し上げます。

『中日女作家新作大系』に付された解説を再録した他は、すべて書き下ろしで構成していることに加え、若手の研究者にも多数参加して貰うことで、柔軟で刺激的な論稿を集められた本シリーズが、対象の当該女性作家研究にとどまらず、現代文学研究全体への新たな地平を切り拓くことの一助になれればと願っております。

現代女性作家読本編者一同

目次

目次

小川洋子

小川洋子の文学世界

髙根沢紀子

小川洋子は一九八八年「揚羽蝶が壊れる時」（「海燕」88・11）で第七回海燕新人文学賞を受賞し、作家デビューを果たした。「揚羽蝶が壊れる時」は早稲田大学文芸学科で卒業論文として提出した「情けない週末」に手を入れ、タイトルを変えて応募したものである。その後「完璧な病室」（「海燕」89・3）、「ダイヴィング・プール」（「海燕」89・12）、「冷めない紅茶」（「海燕」90・5）が連続して芥川賞候補となり、一九九一年「妊娠カレンダー」（「文学界」90・9）で第一〇四回芥川賞を受賞した。「妊娠カレンダー」は、戦後初めての二十代の女性の受賞作であり、しかも受賞者が主婦であるということが話題となった。

「妊娠カレンダー」には、同居する姉が妊娠し出産するまでが、妹〈わたし〉の視点で日記形式で書かれている。《妊娠》という女性だけが経験しうる現象を、母性やそれを受け入れる社会とは切り離したところで、妊娠を通した自己不安とでもいうようなものとして描いたこの小説は、女性作家の新しい展開を印象づけることになった。いわゆるまともな夫婦関係において、妊娠とはおめでたいことであり、喜ぶべきことである。しかし姉は〈『妊娠』という言葉を、グロテスクな毛虫の名前を口にするように、気味悪そうに発音〉する。生命を宿したことに特別の感慨もなく、《妊娠》という事態だけが提出されている。そこには、笠井潔（「自意識と女性」『ニュー・フェミニズム・レビュー2』学陽書房、91・5）も指摘しているように、いままで人間の性や食を肉感的な土台として支えてきた家族そのものの崩壊を見ることもできるだろうし、そこに現代的な自意識を読むことのできる作品である。その意味でいえば、〈赤ん坊〉は自意識をゆるがす異物でしかない。しかし、もっとも世界に違和感を感じているのは、〈妊娠〉している姉ではなく、〈妊娠〉していない妹の〈わたし〉である。〈わたし〉は〈これから生れてくる赤ん坊について、自分は何も思いを巡らしたことがないと、ふと気付いた。性別とか名前とかベビー服とかについて、わたしも考えた方が、いいのかもしれない。普通はそういうことを、もっと楽しむものなのだろう。〉と思い、〈姉の赤ん坊のことを考える時、わたしはその双子の幼虫を思い浮べる。赤ん坊の染色体の形を、頭の中でなぞってみるのだ。〉とも思う。〈わたし〉にとって〈赤ん坊〉は甥／姪として認識されず、ただ物質としてあるのだ。しかも〈赤ん坊〉を姉の体にできる〈腫瘍〉としてとらえ、さらに姉の夫のつまらなさを語る〈わたし〉は、結婚というものさえもうまく理解することができない。破壊されているのは、姉の精神でも赤ん坊でもなく〈わたし〉自身であった。〈わたし〉は自意識の中に閉じこもり、現実と幻想の区別がなくなっていく。

そもそも処女作「揚羽蝶が壊れる時」には、ミコトとの生命を宿している〈わたし〉は自身と自身の内側とどちらが現実なのだろうと考え、現実とも幻想ともつかない世界にはまり込んでいく姿が描かれていた。小川は、〈現実の社会とか家庭とかの場で正常とか異常とか、正しいとか正しくないとか思われている価値基準を全く覆すような、新しい「現実」を小説の中でつくりたい〉（「文学界」90・5）と、芥川賞受賞のインタビューで述べ、この主題は現在まで変ることなく描き続けられている。このような作品の創造の仕方は、しばしばその曖昧さや現実性のなさが、批判の対象とされてきた。「妊娠カレンダー」においても、〈わたしは、破壊された姉の赤ん坊に会うために、新生児室へ向かって歩き出した。〉という末尾を、どう読むべきなのかということが議論になったが、先の小川の発言に照らせば、むしろそうした曖昧さや分からなさこそ、意図されたものであったのだと言えよう。このような、一見閉じているかのように見える物語は、だからこそ読者のイメージを喚起させることにもなる。その意味において作品世界は開かれているのだ。

＊

小川文学を支えているのは、繊細で美しい文章である。「芥川賞選評」（「文芸春秋」91・3）でも〈文章がよかった〉（河野多恵子）、〈文章も感覚がよくて、ものごとを一つ一つ的確に伝へてくれる。〉（丸谷才一）、〈透明で鋭敏な文章〉（吉行淳之介）、〈優れた作品は必ずよい文体を持っている。〉（三浦哲郎）と、文章が高い評価を得、その後の文章の巧みさには定評のある作家である。決して難しい言葉を使わず、平易な言葉でくりひろげられるその世界は、優しさに満ちている。

しばしばその描写は有機物に向けられる。初の長編小説『シュガータイム』（中央公論社、91・2）では突然過食症になってしまった主人公が、その日食べたものの日記をつけ、食べ物について生々しく克明に語っていく。また「完璧な病室」では、有機物を受けつけない病気の弟と過ごす〈完璧な病室〉と、夫と暮らす現実の有機物だらけの現実が対比される中で、有機物への嫌悪を描いていった。そのようなグロテスクな想像、食への拘り、身体への関心は以降の作品により色濃く姿をあらわす。しかし、それが決して不快でなくむしろ魅力的に感じられるのは、彼女の透明な文体によるところが大きい。その透明感のある文体で、感覚的に世界をとらえている。

ところで、その感覚的な文章は、少女漫画的だとも評されている。これは決して誉め言葉として使われているのではない。三浦雅士は「冷めない紅茶」を評する（「夢の不安」「海燕」90・10）中で、その言葉たちが映像的であり、少女漫画的だと述べている。しかしそれをもって直ちに少女漫画的であるとは言えないだろう。小川の文章は、詳細に描かれながらも、映像を拒んでいる。「冷めない紅茶」の現実と幻想（死）が交差する世界を映像（漫画）にすることは難しいだろう。小川洋子の描く世界は小説であるからこそ成り立っているのだ。

またその文章を支えているものとして、比喩の巧みさが挙げられる。「ドミトリイ」（「海燕」90・12）で〈わたし〉にはある音が聞える。大学時代に過ごした学生寮を思い出させるその音をこう表現している。

とにかく、その音に関することは、発生源も音色も響き具合も何もかもが曖昧なので、わたしは言葉を失ってしまう。それでも時々、あまりの曖昧さのために心細くなり、何かに譬えて見ようと思うことがある。冬の噴水の底に沈んだコインが一粒の水のしぶきとぶつかった時つぶやく音、メリーゴーランドから降りた後耳の奥にある蝸牛管の中でリンパ液が震える音、恋人からの電話が切れた後受話器を握った掌の中を真夜中が通り過ぎてゆく音……。しかし、こんな譬えで一体何人の人が、その音について理解してくれるというのだろう。

そもそも人間の感情は個人的なものであり、それを言語によって正確に伝えることは難しい。「ドミトリイ」は小説全体を通して、〈その音〉を表現しているような作品である。「ドミトリイ」に限らず小川の作品は全編をとおしてその何者かの雰囲気を伝えている。小川作品は雰囲気そのものを描いているといってもいいだろう。この〈曖昧さ〉が読者のイメージを膨らませ、作品世界へと迷いこませる。

小川文学の特徴として、身体の欠損を揚げることができる。「揚羽蝶が壊れる時」「完璧な病室」「妊娠カレンダー」等で欠けていたのは主人公の精神であったが、「ドミトリイ」以降には、身体的に欠けた人物が登場することが多い。「ドミトリイ」で学生寮を管理する先生は右足しかなく、それは先生を死へと追いやろうとしている。『シュガータイム』では〈わたし〉の弟は背の伸びない病気であり、『薬指の標本』（新潮社、94・10）は薬指がすこし欠けている主人公の物語である。『薬指の標本』で〈標本室〉に持ち込まれるのは、自分の家の焼け跡に残った茸や、別れた彼に送られた曲などさまざまである。〈標本室〉で働く〈わたし〉は最後に自分の欠けた薬指を〈標本〉にと願う。〈標本〉はそれぞれの欠損の〈標本〉であり、その欠けた過去を〈標本〉にしている。欠けた身体は欠けた精神の象徴としてとらえることができる。その欠損感覚は欠けている本人のものというより、主人公のものである。薬指を〈標本〉にした〈わたし〉はその欠損を〈標本〉にするために全体が失われてしまう。欠けた彼女自身が〈標本〉となるのだ。このように小川文学に現れる部分の欠損はそれを以って全体を表しているのだとも言えよう。

＊

小川文学は《記憶》《消滅》の文学でもある。「妊娠カレンダー」でも姉と共有する病院の記憶が挿入されていく。「余白の愛」（91・11）では、夫との不和が原因で難聴になった〈わたし〉が、速記者のYに自分の記憶を書き留めてもらい、一方で十三歳の記憶を想起していくという、現実と記憶を媒介とした幻想的な世界が描かれている。「冷めない紅茶」は中学校の記憶の物語でもあり、そこに塗り込められる主人公が描かれていた。『密やかな結晶』（講談社、94・1）は《記憶》をテーマとした作品である。主人公〈わたし〉の住む島ではリボンや香水や、バラ、カレンダー、写真などさまざまなものが次々に消えていく。それは物質そのものが消滅するのではなく、その品物に纏わる記憶が消えていくということである。その中でも記憶を失うことがない人々は〈記憶狩り〉と称した秘密警察に連行されていく。小説家である〈わたし〉は記憶が消えない編集者のR氏を自宅にかくまう。そのうちに小説も消えてしまい〈わたし〉は小説の言葉を理解することができなくなる。R氏は小説を書き続ければ記憶が失われないと書き続けることを求めるが、〈わたし〉には困難なことであった。左足が消滅し、最後に身体すべてが消滅する。最後に声だけになった〈わたし〉はR氏をかくまった閉じられた隠し部屋の中で消えていく。この作品の中で最後に残ったのは〈声〉（言葉）であった。すべてが消えてしまうこの物語で、すべてが失われたことによってR氏は隠れ家から出ることができる。つまり記憶を失わない人々にとって〈記憶〉復権の日でもあったのだ。三枝和子は〈消滅感覚という、扱い方によっては存在論的な難しい小説になってしまうテーマを、小川さんは軽やかな、幻想的な手法で展開した。場所も定かでない架空の島を設定してリアリティの枠組みの外に出た〉とし、小説への姿勢が高く評価された。記憶の《消滅》に拘るありかたは、裏をかえせば、あるものへの拘りであり、懐疑である。《消滅》を描くことで、言葉の、記憶の、存在の感覚を揺さぶりつづけている。

『凍りついた香り』（幻冬舎、98・5）では、突然自殺した恋人の調香師、弘之の死の真相を涼子は調べていく。弘之が涼子のために作った〈記憶の泉〉という香りに導かれて、涼子は弘之の記憶の世界に入り込んでいく。小川は、〈今まで10年間、物語を閉じてきた〉が〈物語を閉じるのではなく、こじ開けて〉、〈中に沈殿しているいろいろな断片を拾い集めて、小説を書こうと思った〉（「毎日新聞」98・5・3）と述べており、小川文学の転機となった作品である。

『沈黙博物館』（筑摩書房、00・9）は、死者の形見を集めた博物館を作る物語である。形見は娼婦の避妊リング、犬のミイラなどさまざまであり、そのほとんどが盗品であった。博物館専門技師の〈僕〉は老婆に代って形見を集めるようになる。形見は収集され、その形見の持つ物語が語られてから博物館に収められる。語られている形見の物語とはその人の生きた《記憶》である。小川の比喩が個人的なもので在ったように、形見も個人的なものである。その個人的な物語は読者の個人的な物語を再生させるような魅力も秘めている。

小川洋子は中編、長編だけでなく、短編小説の名手でもある。初の短編小説集『アンジェリーナ　佐野元春と10の短編』（角川書店、93・4）では副題のとおり、長年のファンであるミュージシャン佐野元春の曲にあわせて書かれた十の短編が収められており、音に導かれながら十の短編は〈佐野元春〉という一つの物語にもなっている。『刺繍する少女』（角川書店、96・3）に収められていた十の作品については〈「人間」が描けている〉〈微妙な事情を描く作者のセンスのさえは、この短篇集の随所にみられる〉（井坂洋子「週刊読書人」96・6・14）というように、短編集におけるセンスのよさが光る作品集である。また、『寡黙な死骸　みだらな弔い』（実業之日本社、98・6）の十一の短編は、それぞれの物語が互いに繋がっている連作短編小説集である。この作品集は小川文学の持つ二律背反的世界がよりはっきり提示され、〈ひとつの短篇の中心が別の作品の細部となって現れる仕掛けも巧み〉（柴田元幸「新潮」98・9）として、あまり成功の例のない連作短編の面白さが高く評価されている。『寡黙な死骸　みだらな弔い』において、様々な個人的な物語が一つに繋がっていたように、一つの個人的な物語は別の物語に影響を与えている。そのように、小川の奇妙で残酷な個人的な物語は、読者にも影響を与えてくる。記憶を、過去を再生する物語は、読者をそれぞれの過去へと誘う。いわば小川の文学は、物語の再生を促しているのである。『偶然の祝福』（角川書店、00・12）の七つの短篇には小川が書いた過去の作品及び未来の作品がちりばめられている。「エーデルワイス」には少女と中年男性の危険な関係を描いた『ホテルアイリス』（学習研究社、96・11）がはめ込まれ、「盗作」の盗作された作品は次の短篇集『まぶた』（新潮社、01・3）に独立した短編として創作されている。このような方法は村上春樹とも通じるところである。さらに『偶然の祝福』の中の短編は、一人の小説家の、小川洋子自身とも取れる人物の成長の記録としても読むことができる。多くの作家が自分自身を小説に登場させることはよくあることであり、それらは主人公（＝作家）の苦悩を描いている場合が多い。しかし小川洋子の場合はそれを幻想的な手法で描き、小説の面白さを伝えているというところに他の私小説的なものとは違う特徴があり、新しさがあるのだ。

『博士の愛した数式』（新潮社、03・8）は第五回読売文学賞と第一回本屋大賞とを受賞した。特に書店が選考委員となる本屋大賞は、これまでの文学賞との違いが注目を集めたことも手伝って、《数学》という文学の世界では直接的にはあまり触れられることのない題材を扱い、八十分しか記憶を蓄積できない老博士と、お手伝いとその息子との交流が描かれた作品は、小川洋子ブームなるものを巻き起こし、多くの読者を獲得した。研究の分野でも「ユリイカ」（04・2）で特集が組まれ『博士の愛した数式』を中心とし、小川洋子が論じられた。『博士の愛した数式』は、小川洋子作品のある意味到達点としての評価がされているなかで、登場人物たちの温かい交流が読まれ、残酷でフェティシュな拘りは隠されているかに論じられるのだが、博士の八十分しか記憶を蓄積できない事故以前の過去が語られていることは、あまり姿を見せない未亡人の存在をなまなましく伝えており、決して温かい交流とだけは読めない。博士の《記憶》を補う無数のメモはさまざまに紹介される中で、あってもよいはずの未亡人に対するメモはその存在すら示されない。〈数学〉という〈曖昧〉さのない素材を使いながら、やはり、語られている過去＝《記憶》は〈曖昧〉なものとして読者に提出されているのだ。

『ブラフマンの埋葬』（講談社、04・4。泉鏡花賞）は、〈創作者の家〉の管理人をする〈僕〉と、ブラフマン（＝謎）と名づけられた動物との交流が描かれている。ブラフマンがいったい何という動物なのか、最後まで明かされることはない、のみならず、〈僕〉を含めた登場人物の名前は描かれることはない。〈僕〉の恋する雑貨屋の娘は、〈創作の家〉に間違って娘宛の郵便物がまぎれこむことで、最初に名前を知ったと語られるにもかかわらず、その後も名前で呼ばれることはない。碑文作家の刻む文字もまた、埋葬の儀式の過程で、名前を失なってしまった人物たちのものである。それらが眠る古代墓地には名前のない《記憶》が眠っている。『ブラフマンの埋葬』がブラフマンの〈との〉《記憶》の物語であったように、古代墓地で眠る人の数だけ《記憶》の物語が埋葬されている。先に述べた「ドミトリイ」での比喩のように《記憶》は個人的なものである。そこから、名前を奪うことによって個人的な《記憶》は、多くの人の《記憶》をゆさぶる太古の《物語》へと変換される。

今後も、小川洋子は〈密やかな〉謎を提供しつづけてくれるだろう。

（武蔵野大学非常勤講師）

付記

なお、本稿は、川村湊・唐月梅監修、原善・許金龍主編、与那覇恵子・清水良典・高根沢紀子・藤井久子・于栄勝・王中沈・笠家栄・楊偉編『中日女作家新作大系・日本方陣』（中国文聯出版社、00・9）全十巻のうち、『小川洋子集』の解説として付載された「小川洋子的文学世界」（中国語・笠家栄訳）の原文を基に、書誌的な注記を補って日本語で発表した「小川洋子の文学世界」（「上武大学経営情報学部紀要」第24号、01・12）に、今回若干の補筆を加えたものである。

「揚羽蝶が壊れる時」——さえとミコトの間——高橋真理

〈わたし〉は少女の頃から祖母に育てられた。父のではない子を宿した母が出奔した後、父が病死し、彼女に引き取られたのである。父方の祖母である彼女の名は、さえ。何年か後、痴呆症になったさえを〈新天地〉という名の施設に送るところから小説は始まり、その日からの八日間が描かれている。それは妊娠をめぐって〈わたし〉が〈わたしの内側〉に向き合う時間である。

小説内の時間は〈わたし〉の部屋のカレンダーで示されている。だが〈わたし〉が見ているのは、単純な数字ではない。〈——『新天地』に行ってから五日め——〉、〈——もうすぐ六日めだ。——〉、〈さえが居なくなってから八日め〉。祖母が去ってからの時間が注意深く確認されている。しかし、それだけではない。

さえが居なくなってから五日目。いや違う。他に数えなければいけない日日があるじゃないか、とわたしは自分を促す。他に数えなければいけない日日？　もう一人のわたしはとぼけたふりをする。そんなのあるはずがない。

恋人ミコトの子を妊娠していることを自覚してから、意識はそこに集中し続けている。入れ替わるかのようにやってきた生命を、〈わたし〉は祖母が〈居なくなってから〉の時で計っているのである。新しい週がきたことを示す〈八日め〉という時間も、それに関わっている。七日を単位とする妊娠のカレンダーが一つ先へと進んだことをそれは示し、事態がさらにのっぴきならない方に向かいつつあることを自覚させるものである。この間、〈わたしの中の異物の存在感はますます確かなものになってい〉き、〈一時も、その息遣いから離れられな〉いまでになっている。

芥川賞受賞作「妊娠カレンダー」（「文学界」90・9）では、この時間が前面に出てくる。〈十二月三十日　六週＋一日〉のように具体的な日付に添えて妊娠週数が示され、デビュー作であるこの「揚羽蝶が壊れる時」（「海燕」88・11）では明示されていなかった時間が、物語を区切る数値として意識的に使われるようになるのである。〈わたしの中の異物〉とあるように、妊娠は違和の感覚として捉えられている。〈わたし〉はそれを〈わたしの中の異常〉と受け止め、〈本当の現実〉とは認めたがらない。この感覚も、〈母性幻想のないところで「妊娠」が描かれた〉（宮内淳子「小川洋子」「国文学」99・2臨増号）とされる「妊娠カレンダー」に引き継がれていくものである。

未婚の若い女性の性や妊娠を取りあげる場合、小説がそれに伴う周囲との軋轢を出来事として描いてきたとは、斎藤美奈子『妊娠小説』（筑摩書房、94・6）の指摘するところである。「揚羽蝶が壊れる時」の十年前の作、中沢けい「海を感じる時」（「群像」78・6）を見てみよう。母親と二人で暮らす主人公〈私〉と先輩洋との性的関係を描いたこの小説は、高校生である〈私〉の妊娠の誤認をも含めた洋との葛藤と、娘の性的行為を嫌悪する厳格な母親との確執を軸に展開する。男性を欠いた家の娘が性的関係を持つ一人称小説という点で、二人の女性作家のデビュー作はよく似た構えを持っている。だが「揚羽蝶が壊れる時」には、それが少し違う形であらわれている。

「海を感じる時」の母に代わる存在は、この小説では祖母である。彼女は〈恥部を持たない女のように慎ましく思慮深く厳格〉であり、成長期の〈わたし〉は〈自分の身体全体を重苦しい秘密のように抱え込んで〉生きてこなければならなかった。祖母のありようは、息子の妻、すなわち〈わたし〉の母の行為との関係によるものである。孫に母親を反復させまいとする養育は、〈いつでも氏子のことを心配している〉という、彼女の信ずる特別な神様と同じように、いつでも〈わたし〉のことを心配し、干渉する形をとった。〈厳格な祈りの形が、わたしを遮っている〉という箇所を引くまでもなく、「さえ」という名は、何やら神めいた、遮るモノをイメージさせる。

だが痴呆症になってからの祖母には、その力がない。隣室で〈わたし〉とミコトが何をしようと、別世界のことである。この妊娠も、干渉が解かれた隣室での行為の結果であるかもしれない。さらに彼女を施設に去らせることで、〈わたし〉は完全に祖母の視野から逃れることができた。みごもったというような理由で、もはや誰とも衝突する気遣いはないはずである。

にもかかわらず、〈わたし〉が妊娠の日数を計ろうとする神経には、尋常でないものがある。しかもそれは、祖母が去ってからの時間に即して数えられている。何ものかに縛られているようなその様子は、ミコトとの関係がもたらす不安とも、初めての妊娠に対する素朴なおののきとも異なるものである。

〈わたし〉は当の本人であるミコトに妊娠を告げることをためらっている。このためらいは、祖母の呪縛の影を感じさせる効果として働きかけてくる。〈いつでもわたしの中に、わたしの母親を見ていた〉祖母にとっては、まだ夫でも婚約者でもない男の子供を〈わたし〉が孕むということが、許せるはずもないのである。これは逆に言えば、祖母の呪縛を解く人として、ミコトという存在を考えさせるものでもある。

ミコトは、とらえどころのないキャラクターである。親身な部分があり、ノンシャランといった風情も見せる、詩を書く青年だ。「ノイズ」という自作の内容について、彼は〈わたし〉に話す。〈どうしても無視できないノイズ〉を捜し求めていた詩の中の〈僕〉は、諦めかけていたときに〈彼女〉に出会った。〈彼女〉は、求めていた〈ノイズ〉ではなかったが、〈僕〉は〈彼女を悲しませたくなかったから、ヤッホーって叫んで〉〈乾杯〉した。その詩の掲載された雑誌を、ミコトは〈わたし〉に渡す。そこには一枚の写真が挟まっている。〈わたし〉とは違う、細く長い髪の毛と、大きな目、鼻、唇を持った女性の写真である。詩の中の〈彼女〉と同じく、揚羽蝶を手にしている。

こういうミコトを、今〈わたし〉の迎えている事態を察知しない存在、結果として残酷な仕打ちをする男と取れば、デパートのおもちゃ売り場で買った標本の揚羽蝶を〈わたし〉が握りつぶしてしまう小説最後の場面は、いっそ理解しやすい。

この小説は〈わたし〉の生理的・身体的感覚を通して捉えられた世界を描いており、読者は〈わたし〉に即してそれを見せられるのだが、ここには登場人物としての〈わたし〉の視線を超えるものも用意されている。特にミコトにおいて。祖母が両腕いっぱいのコスモスを抱えてくれれば、ミコトは〈両手に宇宙を抱えて帰ってきた〉と言い、祖母の行く〈新天地〉を〈ぴったりの〉名前だと言う。〈わたし〉の認識を超え、〈わたし〉の言葉を補完するものとしてミコトの言葉があり、それを通じて見えてくる物語の全体がある。

ミコトの名が、戸籍上の名であるか、あだ名であるかはわからないが、語り手〈わたし〉を通して見えてくる物語全体の中にあっては、象徴性を帯びた記号として機能しているだろう。それは、祖母「さえ」の場合以上にはっきりしている。「ミコト」は、神の言葉である「御言」に通じ、まずそれ以上に、神の名の末尾に付ける言葉、すなわち神そのものを指す言葉でもある。

彼は言う。〈正常と異常、真実と幻想の境界線なんて〉〈誰にも決定できない〉。〈モラトリアムの状態に居る〉自分たちは〈今の自分に確信が持て〉ず、〈本当のことがわからなくなる時がある〉のだと。施設に入れた祖母が〈異常〉で、送った自分が〈正常〉だという確信が持てない〈わたし〉の揺らぎは、〈モラトリアム〉ゆえのことだと語るのだ。ここでの〈モラトリアム〉は、一九八〇年代を縁取るキーワードとしてのそれで、固定的な社会の価値観から解放された自由な時間というほどの意味に使われているが、それを〈心地いいもの〉として生きているのは、ミコトがどちらかを好きに選んでいるからである。〈わたし〉が混乱のまま過ぎていくのは、遂にどちらも選べないからである。

違和の感覚であろうとも、〈ベイビー〉の感触は日々確かなものになっていく。成長する胎児により、〈わたし〉は、まるで外部のような体の〈内側〉に時間の進行を抱え込んでしまう。もはや一時的に時間を停止させたような、〈モラトリアム〉の季節にとどまり続けることはできないようである。ミコトの詩の中の〈彼女〉と写真の女を同一視し、しかもそれが自分からミコトを奪う他者であると信じて疑わないのも、そこに関わっているようだ。

詩の中の、ようやく出会った〈彼女〉について、ミコトは、〈少女みたいな感じもするし、バレリーナみたいな感じもするし、運動選手みたいでもある。〉と表現している。それよりも前の場面で、〈わたし〉が若い女の脚に関心を寄せるところが注意される。地下鉄から吹く風で〈スカートが翻る。わたしもさえもあの人も持っていない、たっぷりと熟れたふくらはぎが覗く。〉というところである。〈あの人〉とは母である。〈たっぷりと熟れたふくらはぎ〉が美しい若い女のそれを象徴するものだとすれば、〈少女〉〈バレリーナ〉〈運動選手〉とは、それを持たない〈わたし〉の身体にむしろ通じるイメージを呼び起こすように、注意深く選び取られているものではないか。そこに、ミコトの言葉が聞こえない〈わたし〉がおり、遮る力を持つ祖母に縛られたままの〈わたし〉が残り続けている。

ロッキングチェアーから転げ落ちた自分を、ちゃんと坐っている自分の像に〈はめ込んで〉失敗を無化した体験を語るミコトは、どっちの自分を〈信じようと、僕の自由〉だと言う。〈モラトリアム〉ならではの〈自由〉だが、それに倣って写真の女のあまりにも正反対の容貌を、虚構の〈わたし〉と見て置き替えることだって可能なのである。そういう可能性を閉じてしまうところに、揚羽蝶を握りつぶす瞬間があるのだろう。

揚羽蝶は〈羽を左右対称にいっぱいに広げ〉た形をしている。これは、〈円柱形の塔を中心にして左右対称に翼を広げた〉〈新天地〉の建物にも通じるものである。また〈左右対称〉は、小説中にある、正常／異常、現実／幻、世話する者／される者、わたし自身／わたしの内側といった二項の概念の象徴のようでもある。どちらも選べる自由な〈モラトリアム〉の中にいるミコトは、揚羽蝶の羽音に乾杯することができる。だが〈わたし〉の〈自由〉な時は〈内側〉から崩されつつある。握りつぶされた揚羽蝶の破片がカレンダーに落ちるのは、象徴的である。

（大東文化大学非常勤講師）

封印される記憶――「完璧な病室」を読む――青嶋康文

「完璧な病室」は、弟の死を描いた小説ではない。確かにストーリーを追えば、行き着くところは弟の死である。しかし、弟の死に主眼があるのではなく、姉が弟の死をどう受け止めているのか。弟のいない今をどう生きるのかが語られている。

冒頭を読み直そう。〈わたし〉はすでに弟をうしなった地点から、かつて生きていた弟を回想する。弟はすでにいない。しかし、記憶の中に完璧な形で収められている。〈弟はいつでも、この完璧な土曜日の記憶の中にいる。ガラス細工のように精巧な弟の輪郭を、今でもはっきりと思い出すことができる。〉

〈わたし〉にとってこの記憶は、父が去り、母と弟をうしなった自分を前へ推し進めるために必要なものであった。〈何かささいないざこざで気分が沈んだ時、わたしは弟と過ごしたやすらかな時間のことを思い出す。〉日常のあわただしさやむなしさに押しつぶされそうになる時に過去がたち現れる。なくしたものを記憶に封じ込める物語が「完璧な病室」である。

作家小川洋子の出発点とも言える『アンネの日記』を開く。読者はアンネフランクという実在の人物がすでにこの世にいないことを知っている。しかし、本の頁をめくるごとにアンネという少女が生き生きと蘇ることを実感する。時空を越えて、一人の少女が言葉の世界からたち現れる。『アンネの日記』と小川洋子の作品は奥深いところで共鳴しあう。「完璧な病室」の語りには、もうすでにないもの立ち上げようとする意思がある。

小川洋子は、「物語はそこにある」(『深き心の底より』所収)の中で次のように言う。

背負うには過酷すぎる現実と対面した時、人がしばしばそれを物語化することに気づいたのは最近だ。現実逃避とは正反対の方向、むしろ現実の奥深くに身体を沈めるための手段として、物語は存在する。

〈わたし〉は清潔な空間に身を置くことで、心の均衡を保とうとする。不安や恐怖からの解放。病院の清潔さが心を落ち着かせるという。死という過酷な現実を前に〈わたし〉は現実の奥深くに身体を沈める。確かに物語とは、こういう現実の深みから生まれるのかもしれない。

小説のクライマックスを見てみよう。雪に覆われた病院の一室に病魔に冒された弟がいる。その病室の上の階でS医師に抱かれ〈わたし〉は次のようにいう。〈——もっときつくわたしを閉じ込めて下さい。わたしの身体の奥にできた、腫瘍のような涙の塊を砕いて下さい。——〉〈抽象的な人間〉として位置付けられるS医師の筋肉に包まれ、わたしは閉じ込められることを願う。まるで聖なる儀式のような場面である。愛を〈変性〉しない形で、記憶の中にしっかりと〈閉じ込める〉。〈わたし〉は弟と自分の関係を《完璧な病室》という形で封印する。

では、完璧な形で封印しようとしたものとは一体何なのか。

わたしはまだ、こんなふうに記憶の中だけで弟に会うことに、慣れていない。その時にこみあげてくるいとおしさの塊をどう扱ったらいいのか、よくわからない。淀んだ血液が絡み合い固まっていくように、肋骨の裏あたりでいとおしさの塊がどんどん大きくなってゆく。

〈わたし〉の中に閉じ込められたものを一言でいうならば、〈いとおしさの塊〉ではないか。ここでは弟が死んで日が経っていないため、まだ弟の不在感から自由になれていない。しかし作品の語りにそのいとおしさが閉じ込められている。
そのいとおしさとはどのような思いなのか。〈わたし〉は次のように説明する。

ベッドの脇のソファーに坐っていると、弟への気持ちがむくむくと盛り上がっていくのが分った。その気持ちは、始まったばかりの恋愛に似ていた。裸の赤ん坊を抱いた時のように、柔らかくて暖かい。人を愛し始める時、わたしは必ずそんな気持ちになった。

語り手の〈わたし〉は弟に対する思いを〈始まったばかりの恋愛〉に例える。つまり純化した愛である。純化した愛は〈変性〉しない。恋愛は時と共に変化し、深化する。それに伴い〈行き違い〉や気持ちの濁りが生まれる。永遠の愛などないと知りながら、人はどこかでそういう純化した愛を求める。

透明なイメージをもつ純化した愛に、果たしてリアリティーはあるのか。純愛などというと作り物の世界、ファンタジーに過ぎないと位置付ける人もいる。しかし、この作品を読んだ読者は絵空事とは感じない。それは純化した愛と対比される生活世界が描かれているからである。母の死は、弟と対照的な死だ。時とともに壊れてゆく母はやがて事件に巻き込まれ射殺される。ここに描かれる生活世界がリアリティーをもつ。生々しさが読者の身体にまで伝わる。こういう対比される記憶があるだけに、弟の世界がより透明度を増す。

〈わたし〉がS医師からはじめて弟の病状を知らされる場面がある。

自分が、どこか特別な場面に投げ出されたような気がした。ロッカールームで、水泳部の彼が濡れた水着をわたしの制服に押しつけてきた時、警察の霊安室で、母親の唇がぐったりと色あせているのを見た時、そんな時に感じたのと同じ種類の気持ちだ。何年かたって思い出す時も、ああ、あの時は特別だったんだ、と感じるような、せつなく息苦しい場面だ。

せつなくて息苦しい三つの場面が記憶の中で結びつく。記憶とは不思議なはたらきをする。かつて体験したことが、時空を越えて結びつく。記憶は絡み合い〈わたし〉という主体を形成する。弟の記憶とその背後にある記憶とが交錯する。それは〈いとおしさ〉という一本の糸でつながる。S医師の〈胸に閉じ込められと雪の夜〉、この日の記憶に向けて、様々なできごとが〈わたし〉の中でつながる。

私たちが暮らす現実世界に目を向けよう。淡々と続く日常、毎日変化もなく《平和な日》が続く。しかし、そんな日常も死が入り込むと途端に状況が一変する。小川洋子は、こうした日常と非日常の境界を見事に描き出す。

清水良典は「秘められた共和国」(「ユリイカ」第三六第二号、04・2所収)の中で次のようにいう。

いわば膨大な豊かさと情報のたえまない喧噪がほとんど自覚できない死と同義であるような、そういう「世界の終わり」に私たちは閉じこめられている。そんなイロニカルな象徴的〝収容所〟と正面から対峙できるには、かつて実在した収容所が残した夥しい死の記憶と物言わぬ形見だけだ。アンネ・フランクを前時代からの形見として持った小川洋子の小説は、現実の喧噪の背後に横たわる死の沈黙と共鳴する。

事故で娘を失った母を想像してみよう。突然の出来事にたじろぎながらも、母は繰り返し生前の娘について語るだろう。時が経過しても母の記憶の中で娘は生き続ける。記憶の中の娘の《像》は決して年をとらない。年数を経れば経るほど、その《像》は次第に純化され、《物語》として母の心にすみつく。純化され、いつまでの〈いとおしさの塊〉として消えることはない。

このように身近で起きた死と対比する時、「完璧な病室」という作品の普遍性に改めて驚かされる。《物語》はうしなわれた世界を再生する。

(東京都立武蔵村山高等学校教諭)

完璧な肉体／腐敗する身体――「ダイヴィング・プール」をめぐって――

千葉俊二

小川洋子はある種の完全で、完璧な世界への限りない愛着を抱き、その魅惑の牽引力に抗しきれない性向を持ちつづけているようだ。「博士の愛した数式」においてはそれは28という完全数への愛着として表現される。完全数とは、その約数をすべて足したときその数自身となる数字である。

28：1＋2＋4＋7＋14＝28

完全数はまた連続した自然数の和としても表すことができ(28＝1＋2＋3＋4＋5＋6＋7)、最小の完全数は6で、6の次が28、それから496、8128、33550336、8589869056とつづく。これらの数は〈完全の意味を真に体現する、貴重な数字〉であり、数限りなく存在する自然数のなかでもきわめて数少ない。〈私〉が偶然28の約数の総和が28であることを発見したとき、〈意味不明の乱雑さの中で、その一行だけは、何者かの意志によって貫かれたように、ぴんと張り詰めていた。触れると痛いほどに、力がみなぎっていた〉という。〈意味不明の乱雑さ〉――無秩序で、割り切ることのできないことの多いこの現実世界のなかで、整然とした秩序を内包し、他からの干渉をうけることもなく、自己自身でひとつの完結した世界を孤高に屹立している完全数。それは同じ自然数でありながら、何ものかによって祝福された特別な数字である。

「ダイヴィング・プール」では、そうした完全数を体現する存在として純という孤児が仮構される。純は私生児として生まれ、父親は行方知れずで、母親はアル中となって、四つか五つのときに孤児院の〈ひかり園〉に引き取られ、いまでは高校生となって、飛び込みの選手をしている。語り手の〈わたし〉（彩ちゃん）は、教会の先生で〈ひかり園〉の園長をしている両親の間に生まれた、〈ひかり園で生まれた孤児じゃない唯一の子供〉である。純と〈わたし〉は十年以上も同じ屋根の下で暮らし、同じ高校へ通っているが、〈わたし〉はダイヴィングプールの観覧席で飛び込みの練習をしている純を見るとき、もっとも純を身近に感じることができる。

純が十メートルの飛び込み台の上を歩いている。水着は、きのう純の部屋の窓のひさしに吊り下げられていた小豆色のパンツだ。台の一番端までくると、ゆっくり水面に背を向けてかかとをそろえる。身体中の筋肉の一つ一つが一斉に息をひそめてピンと張り詰める。その時の足首から太腿にかけての筋肉のラインが、純の身体のなかでわたしは一番好きだ。ブロンズのように冷やかで優美だ。

こうした純の姿が、前作「完璧な病室」のS医師から継承されたものであることは見やすい。S医師は〈背が高くて、白衣の上からでも胸の厚みを感じ取ることができた。水泳選手を連想させるような、すばらしくバランスのいいからだつき〉である。「完璧な病室」の主人公の弟は〈わたし〉の勤めている大学病院へ入院するが、S医師はその主治医である。S医師の両親は孤児院を経営し、血のつながった兄弟はひとりもいないが、それ以外の兄弟ならばたくさんおり、いつも兄弟が増えたり減ったりしている。「ダイヴィング・プール」の〈わたし〉と同様にS医師は孤児院を経営する両親の子どもであり、純は親の顔も知らないままに引き取られてきた孤児であるが、両者はともに父母とその子どもという血縁で結ばれた完全な家族からは疎外されていることでは同じであり、両者はいつでもその位置を交換しうる存在なのである。

ところで小川洋子は荻野アンナとの対談（「SPA」91・1・2／9合併）で、〈私はスポーツ選手の肉体に触発されて書いたパターンて凄く多いんです。『完璧な病室』のなかにS医師という、主人公の女性にとって完璧な肉体をもった人物が出てくるんですけど、あれはソウルオリンピックのとき、鈴木大地の、水に濡れた筋肉の艶やかさに感じるものがあって、書いてしまったもの。『ダイヴィング・プール』も飛込み演技を見て触発され〉たものと、その舞台裏を披瀝している。「完璧な病室」の主人公は弟の病気が死に近づいて進行したとき、S医師に〈あなたの、胸の筋肉で抱いて欲しい〉と懇願する。〈弟をいとおしむ気持ちが彼の筋肉を求め〉るのだというが、S医師の〈筋肉に完全に閉じ込められた時〉、〈わたし〉は〈肉感的な孤独〉のなかに〈このままひっそりと無機物のように清らかに生きていけたらいいのに。何も変わらず、何も変性せず、何も腐敗せず、このままずっと弟と一緒にいられたらいいのに〉と切実に願わざるをえないのだ。

ここはとても温かい。何か巨大な動物の体内に飲み込まれたようだ、といつも思う。しばらく坐っていると、髪やまつげや制服のブラウスが、ここの温かさを吸い込んでしっとり潤んでくるのがわかる。汗よりもサラサラとして、ほんの少しクレゾールのにおいのする湿り気がわたしを包む。

「ダイヴィング・プール」はこのように書きはじめられるが、放課後ダイヴィングプールの観覧席から純の飛び込み練習を見ている〈わたし〉は、さながら〈完璧に清潔な病室のベット〉で雪の夜にS医師の完璧な筋肉に抱かれた「完璧な病室」の主人公のようだ。が、この現実においては弟は死に、S医師は弟を見送ったあと、孤児院を継ぐために病院をやめて、〈わたし〉ともう二度と会うことはない。時間があらゆる存在を腐蝕させ、すべてを変化させ、変質させてゆくのである。

「ダイヴィング・プール」において変質しないのは、子どものときに廊下へ雪が吹き込んで積もり、純とふたりだけでじゃれ合った〈わたし〉の記憶のなかにある〈特別な時間〉だけである。〈わたし〉はつねに変性し、腐敗してゆく現実世界におびえており、それは〈わたし〉のもっとも古い記憶とも結びついている。無花果の枝から出る白い液をミルクと見立てて純に飲ませる遊びのさなかに、〈ここにいる純はいったい誰なんだろう。ある日突然やってきて、わたしと一緒に住んでいる。兄弟でもないのに。純だけじゃない。わたしの家にはあやふやな他人がいっぱいいて、家族のように振る舞っている〉と、〈わたし〉は〈何かとりとめのない気持ちの悪さ〉に取りつかれてしまう。この〈気持ちの悪さ〉とは、自己を受けとめてくれる確乎とした家族をもたず、つねに変容する家族のなかにあった〈わたし〉の感受したこの現実世界の〈意味不明の乱雑さ〉そのものの謂いであろう。やがてそれは、純の唇にもっとミルクの出そうな無花果の太い枝の切り口を塗りつけたように（無花果の液には皮膚をただれさせる成分が含まれている）、〈わたし〉の肋骨のすきまに〈残酷な気持ち〉を隠し育むようになるのだ。

この〈残酷な気持ち〉は、智恵遅れの母から生まれ、〈ひかり園〉に引き取られた幼いリエに向けられる。〈わたし〉はリエをいじめて泣かすことに快感を感じ、黴の生えたケーキを食べさせて、リエの身体そのものを腐敗させてしまおうとする悪意に駆られる。が、その一方、泣き叫ぶ小さな子どもが誰かの胸に飛び込んで、抱きしめられるのを求めるように、その〈気持ちの悪さ〉から逃れるために、純の完璧な肉体に包まれることをも願ってやまないのだ。しかし、純は〈わたし〉がリエにした行為をすべて知っており、〈わたし〉から遠く隔たった存在と化してゆく。〈わたし〉の希求した〈無機物のように清らか〉にして〈肉感的〉な完璧な肉体とは、所詮この現実においてはとうてい存在すべくもない幻影にしかすぎない。この世界においてそれは「博士の愛した数式」の博士の記憶のなかにある阪神タイガースの背番号28をつけた江夏豊投手のように、野球カードのなかにしかその永遠の輝かしい姿をとどめることはできないのである。

（早稲田大学教授）

「冷めない紅茶」の〈冷めない〉記憶——高根沢紀子

もはや忘れさられることはない。同志たち、人々
の唇から君を消し去ってしまう冬は終ったのだ
パブロ・ネルーグ

〈その夜、わたしは初めて死というものについて考えた。〉と始まる「冷めない紅茶」（「海燕」90・5）は、全体が〈死〉に縁取られている。〈わたし〉は〈小学生の頃弟と一緒に飼っていた熱帯魚〉の〈死〉、〈もっと小さい頃〉のおじいさんの〈死〉、そしてそれより〈もっとくっきりとした輪郭を持〉つ〈中学の時の同級生〉の〈死〉へと、〈死〉の〈記憶〉をつきつぎと連想する。

三浦雅士は、〈グッピーであれエンゼルフィッシュであれ、熱帯魚の死骸は案外美しい。食べ残しの餌や薄緑色の藻でぼんやりと曇った水から上がると、熱帯魚の体はつやつやと光りはじめる。赤色や青色が、絵の具のチューブから絞り出したままの鮮やかさで浮かび上がる。弟の小さな掌の中で、潤んだひとみは宙を見つめている。〉という部分を例に挙げ、語りは〈すべてくっきりした映像とともにある。〉とし、〈そのまま数コマの漫画になるといっていい。〉と少女漫画との類似を指摘する。これは決して肯定的なものではなく、〈短篇集『冷めない紅茶』についてさらに言えば、作品としては、もう一篇の「ダイヴィング・プール」のほうが、おそらくはは

るかに優れている。〉（「〈新刊繙読〉夢の不安」「海燕」90・10）という発言に明らかなように、「冷めない紅茶」に少女趣味で感傷的で漫画的だという低い評価を与えている。

しかし、注目すべきはこの映像的な文章が、豊かな色彩をともなって身近な〈死〉の〈記憶〉と結びついているということだろう。それらの〈死〉の〈記憶〉は、〈絵の具のチューブから絞り出したままの鮮やかさ〉で、〈赤い果肉を連想させ〉る解剖図で、喪服の〈黒〉で、というようにさまざまな色彩を持って想起されてくる。《記憶》というものが単なる《記録》ではなく〈現在との関係においてつねに生成しているもの〉であることは、近年指摘されるところであり、〈身体感覚は記憶が成立するための前提条件であり、身体イメージは絶えず生成変化する記憶にとっての、基本的枠組みとなっている。絵画や彫刻だけではなく、写真や映像芸術などあらゆる芸術的創造にとって、身体記憶の動的な関係は本質的である〉（港千尋『記憶』講談社選書、96・12）。《記憶》と〈身体感覚〉は強く結びついているのだ。「冷めない紅茶」の〈死〉の〈記憶〉は、色彩だけでなく紅茶の〈香り〉やライオンゴロシの種子が飛び出す〈音〉といった〈身体感覚〉とともに想起され、〈縁取られ〉ている。その意味で作品は、共感覚的な《記憶》のメカニズムを示している。

さらに〈わたし〉の《記憶》は〈言葉〉ともっとも密接な関係を持っている。〈どんなささいな事でも、喋るのはとても難しいこと〉だった中学時代、同居するサトウとぎくしゃくしてしまう現在も、〈わたし〉は〈言葉をなくした自分の胸の内側をじっと眺めているうちに、とうとう最後には哀しくなってしまう〉という〈言葉〉をうまく使うことができない存在である。ある意味〈言語不信の小説〉（中条省平「小川洋子『冷めない紅茶』」「マリ・クレール」90・12）とも言えるなかで、サトウとの対比において、〈残酷な言葉を彼女が口にすると、それらはロマンティックな言葉のように響〉き、〈彼らの会話には、どうしてあんなふうに不純物が含まれていないのだろう〉と〈わたし〉は感じる。〈わたし〉を最もいらだたせるのはサトウの書く〈文字〉である。サトウと喧嘩をして部屋の整理をする〈わたし〉は、〈古びた記憶の中に押し込められていた物たちが、わたしの指先を離れてゆく瞬間の、きっぱりとした感触〉を味わう。そして発見されるのが、返却し忘れていた『中学生のための世界の文学Ⅳ　ドイツ編』であった。

港千尋は写真を例に〈写真という物質がある出来事を記憶していること〉、それが〈写真の本質〉に関わっていることを述べていた。そのように〈わたし〉がすでに失っていたはずの〈記憶〉は、一冊の本（物質）によって語られることになったのである。〈わたし〉はこの本のことをすっかり忘れていたのだが、生と〈死〉の〈あいまい〉な〈ねじれの渦〉の中にいるK君と〈彼女〉に、〈わたし〉を出会わせたのはこの本のもつ〈記憶〉であったのだろう。

「冷めない紅茶」は海燕新人賞から三作目であり、芥川賞候補となった作品だが、〈K君夫妻が生きているのか、死んでいるのか。〉という〈あいまいさ〉（小川洋子「『冷めない紅茶』とあいまいさと編集者」『妖精が舞い下りる夜』角川書店、93・7）が批判されたりもした。

〈わたし〉は、死んだ同級生について〈彼はこの十年以上の間、わたしの記憶の中にしかいない。記憶の中ではたいてい、誰もが無機物だ。そして、特定の誰かにまつわる記憶を消してしまうのは、とても難しい。記憶は自分の物でありながら、自分の意志で整頓したり直したり燃やしたりゴミに出したりできない物なのだ。だから彼が死んでも、わたしは彼の記憶を失うことはない。〉とする。その意味においてK君と〈彼女〉が死んでいるのか生きているのはどうでもよいことなのである。二人は〈わたし〉の〈記憶〉に生きている存在であることが重要なのだ。

『失われた時を求めて』（マルセル・プルースト）において、一杯の紅茶からそこに浸されたマドレーヌの香りから、流れだした過去のとめどない〈記憶〉は、〈あきらかに、私が求める真実は、飲物のなかにはなくて、私のなかにある。飲物は私のなかに真実を呼びおこしたが、その真実が何であるかを知らず、次第に力を失いながら、漫然とおなじ証言をくりかえすにすぎないし、私もまたその証言を解釈するすべを知らない〉（井上究一郎訳、ちくま文庫）と語られていたが「冷めない紅茶」もまた、『中学生のための世界の文学Ⅳ　ドイツ編』から流れ出す〈記憶〉が描かれているのであり、〈わたし〉はそれを証言する〈言葉〉をもたなくとも〈わたし〉の〈真実〉は〈わたし〉のなかにあるのだ。『中学生のための世界の文学Ⅳ　ドイツ編』を見つけたあとに〈紅茶〉が〈冷めない〉のは、埋もれていた〈記憶〉が〈わたし〉にとって確かな〈真実〉となったからにほかならない。

ところで「冷めない紅茶」は〈既に書かれてしまった小説は、どんどん私から遠ざかってゆく〉とする小川にとって、

　ただ一つ、『冷めない紅茶』だけは例外です。一行めを書きつけた時の心の状態、言葉を探す不安、仕事部屋から見えた風景、原稿用紙を綴り紐で束ねた感触、そんなものを今でも覚えています。まるでそれら自体が、小説の一場面でもあるかのような気さえするのです。（「文庫版あとがき」『冷めない紅茶』福武文庫、93・6）

とされていた。《記憶》想起のメカニズムを描いた作品である「冷めない紅茶」は〈ちょうど窓の向こうが夕焼けに染まっていました。見慣れた風景でしたが、その時はそれが特別ありがたいものに思えた〉た、という作者にとっても執筆時の忘れがたい《記憶》として想起されてくるのである。そして、その《記憶》は語られることにより、読者にとっても〈冷めない〉、〈消し去ってしまえ〉えないものとなっているのだ。

（武蔵野大学非常勤講師）

「妊娠カレンダー」——エイリアン、またはサイボーグとしての胎児——倉田容子

一九九一年に第一〇四回芥川賞を受賞した小川洋子の「妊娠カレンダー」（「文学界」90・9）は、本質主義的な「母性」という概念を徹底的に突き崩した作品であると同時に、母性神話の解体に真っ向から取り組んできた一九六〇年代以降の第二派フェミニズムと、当時二八歳であった六二年生まれの新世代女性との距離感を強烈に印象付ける、戦後女性文学史における一つの画期でもあった。

この小説は姉の妊娠から出産までを観察する〈わたし〉の日記という形をとっているが、妊娠は、「おめでとう」という言葉のそぐわない、〈あっさりした感触〉しか残さない出来事として語られる。〈わたし〉や姉自身にとって、それはまず何よりも基礎体温グラフや産婦人科の超音波診断装置によって証明される科学的事実である。ゲル状の透明な薬を塗った腹部に〈超音波装置と黒い管でつながったトランシーバーみたいな箱〉を押しつけ、モニターに映し出される胎児の映像。その写真を見た〈わたし〉は、〈凍りついた夜空に降る雨〉のなかに浮かぶ〈そらまめ型の空洞〉のようだと思い、やがて姉の胎児を以前科学雑誌で見た染色体の形で認識するようになる。母性よりもテクノロジーと親和性を持ち、実体よりも〈空洞〉としてイメージされる胎児は、あたかもサイエンス・フィクションのなかのエイリアンのような異質性と虚構性を湛えている。胎児の存在を実感させる唯一の肉体的現実は〈つわり〉にはじまる姉の食欲の変化だが、その現象さえもこの小説においては虚構的だ。

ついに、つわりが始まった。

つわりがこんなにも突然やってくるものだとは知らなかった。姉は以前、

「わたしはつわりになんかならないわ」

と言っていた。彼女はそういう典型を嫌っている。自分だけは催眠術や麻酔にかからないと、思い込んでいるのだ。

つわりになった姉は、マカロニグラタンを食べる〈わたし〉に向かって、〈グラタンのホワイトソースって、内臓の消化液みたいだって思わない?〉とか、〈マカロニの形がまた奇妙なのよ。口の中であの空洞がぷつ、ぷつ、って切れる時、わたしは今、消化管を食べてるんだなあという気持ちになるの〉などと嫌がらせじみたことを呟く。〈そういう典型〉を嫌う彼女は、彼女自身が体験している苦痛を〈催眠術や麻酔〉が生み出す幻想のようなものとして否認し、グラタンの形状に対する嫌悪感へと置換する。ここでは、妊娠・出産・育児といった生殖に関する営みを美化し、すべてを「母性」の名のもとに女性に強いてきた母性神話のみならず、生殖をめぐるあらゆる神話やステレオタイプを剔抉してきたフェミニズム理論さえもが反転し、戯画化されることになる。基礎体温グラフ、超音波診断装置、染色体、つわり、これらの断片的な要素からなる胎児のイメージは、従来の「赤ん坊」像とは異質な、無機物と有機体の混成物、いわばサイボーグ的表象に他ならない。

女性と生殖をめぐる問題はこれまでもフェミニズムのメインテーマであったが、それをサイボーグ化した胎児との遭遇という形で主題化した「妊娠カレンダー」は、生殖技術をめぐる時代のコンテクストを鋭く捉えた作品であった。この小説において、従来常に妊娠・出産に纏わりついてきた親族・家族間の因習的なしがらみや葛藤はほとんど問題にされない。姉の夫の両親は、〈庭に落葉が積もっていても、冷蔵庫にりんごジュースとクリー

ムチーズしか入っていなくても、姉に嫌味を言ったりせず、心から孫ができることを喜〉ぶような〈本当にいい人たち〉であり、夫自身もまた、姉の心が不安定になると「ああ」とか「うん」とか意味のない言葉を繰り返して〈最後にはどうしようもできずに姉の肩を抱き寄せる〉という、ステレオタイプではあるが繊細で優しい男性として設定されている。しがらみや葛藤のかわりに前景化されているのが、生殖技術の進展によってその様相を一変させつつある妊娠・出産の風景と、異種混淆的な不気味さを増した胎児のイメージである。クローンというSF的な技術が現実のものとなったのが一九九〇年代後半。以後、クローン人間の可能性とその是非が様々な場で物議を醸し続けているのは周知のとおりである。また、生殖技術をめぐるより身近なトピックとしては、ピル解禁や不妊治療、代理出産、胎児診断などに関するニュースが記憶に新しい。もはや生殖はいかなる意味においても「自然」ではなく、またその問題領域は社会的・文化的文脈のみにとどまるものでもなく、テクノサイエンスとの対話を抜きにしては語り得ないテーマとなっている。芥川賞受賞後のインタビューで自ら〈私の小説はすべて、現実社会の境界線を信用しないところから始まっているのです〉(「文学界」91・3)と語っているように、境界解体によって特徴付けられるポストモダニズムの申し子とも言うべき小川にとって、理論に先行するような現実状況を生み出してきた生殖という題材は格好のモティーフであったといえよう。

ただし、テクノロジーと妊娠というフェミニズムSFさながらのテーマを織り込みながらも、この小説には父権的社会へのアイロニーや反体制的なユートピアは全く見られない。特徴的なのは、既存の体制や秩序をごく目立たない形で〈わたし〉にとって好ましい別の表象へとすり替える、小川文学全般に共通するレトリックである。例えば、〈大体わたしには、夫婦というものがうまく理解できないのだ。それは何か、不可思議な気体のようにに思える。輪郭も色もなく、三角フラスコの透明なガラスと見分けがつかない、はかない気体だ〉という箇所がある。夫婦が〈不可思議な気体〉ならば、それに一定の形を与える〈三角フラスコ〉は婚姻制度のメタファーということになろう。従来の文学的表象において婚姻は、時に血みどろの闘いが繰り広げられる闘争場であり、時に囚人の足に嵌められた枷であり、時に仰々しい装飾を施されたブランドでもあった。しかし〈三角フラスコ〉という無機質でよそよそしい、だが同時に学校の授業風景を連想させるノスタルジックな実験器具は、既存の婚姻イメージとはおよそかけ離れている。このようにさりげなく日常世界を異化するメタファーの数々は、幼い日に〈わたし〉と姉が忍び込んだ古い産院の記憶や、近未来的な生殖技術の描写などとリンクしながら、過去と現在と未来が交差するファンタスティックな非日常の世界へと読者を誘っていく。

クライマックス＝出産が近づくにつれて、姉は自分の赤ん坊と出会うことに恐怖感を抱きはじめる。〈ここで一人勝手にどんどん膨らんでいる生物が、自分の赤ん坊だってことが、どうしてもうまく理解できないの。抽象的で漠然としてて、だけど絶対的で逃げられない〉。そして〈わたし〉は、姉の意志を代行するかのように、〈人間の染色体そのものを破壊する〉という発癌性物質・防カビ剤ＰＷＨに覆われたアメリカ産のグレープフルーツで毎日ジャムを作り、姉に食べさせる。そもそも胎児の存在そのものが〈抽象的で漠然〉としたものである以上、このとき〈わたし〉に本当に胎児の染色体を破壊する意思があったかどうかを問うことはナンセンスであろう。強いて言えば、胎児は最初から破壊されているのだ。超音波診断装置や染色体の写真は、胎児のイメージを形作る唯一の手がかりであると同時に、それ自体が従来の「赤ん坊」像を切り裂き、断片化する分解装置でもある。発癌性物質をも吸収してすくすくと成長したエイリアンと出会うために、〈わたし〉は、かつて姉と戯れた産院の非常階段を上る。新生児室へと向かう〈わたし〉の耳に響く微かな赤ん坊の泣き声は、今まさに新たな局面を切り拓きつつある女性文学の蠢動を告げる「産声」でもあった。

（お茶の水女子大学大学院生）

「妊娠カレンダー」——食の風景——

髙木 徹

小川洋子は「妊娠カレンダー」（初出は「文学界」90・9）で第一〇四回（平成二年度下半期）芥川賞を受け、戦後初めての二十代女性の受賞として話題になった。ちなみに、鷺沢萠の「葉桜の日」もこのときの候補作品の一つである。

「妊娠カレンダー」は、姉が妊娠二ヶ月半であるとわかった十二月二十九日（月）から、出産を迎えようとする八月十一日（火）までの約七ヶ月半（曜日からすると一九八六年末から一九八七年夏までか？）を、日記形式の文で綴った小説である。この作品を正面から論じたものとしては、髙根沢紀子「小川洋子『妊娠カレンダー』論」のようなすぐれた論考があるので、ここでは別の角度から論じてみたい。

それは、姉夫婦と〈わたし〉が住む家の食卓の風景についてである。この小説を一読するだけで、作品の中のいたるところに食に関する名詞（料理名や食品・食材、食器、調理器具）があふれていることに気づくはずである。この小説は、全部で二一日分の日記的記述から成っているが、食べ物が登場しない日はわずか六日分、三分の一以下である。しかも、直接食べ物が登場しない日でも、比喩として食品・食材が使われる。姉がM病院の超音波診断装置について語る〈一月十三日〉では、姉の胎内の写真が〈霧の中に、ぽっかりそらまめ型の空洞が浮かんでいた〉と描写される。また、義兄の両親が腹帯を持ってきた〈三月二十二日〉では、〈えんどうの実がさやから弾けるみたいに、気持ちよくぷちぷち、子犬が生まれてくるのかしら〉と〈わたし〉が言う。

小説の描写から推察すると、彼らの住む家は二階建てで、キッチンと食卓、そしてソファーの置かれたリビングルームのある、いわゆるＬＤＫタイプの部屋が一階にあるようだ。この小説は主にここを舞台にして進行する。つまり、キッチンと食卓が主要な舞台として選び取られているがゆえに、食べ物が次々に登場するのも当然なわけである。妊娠を、「食べる／食べ（られ）ない」という物語に置換したかのごとき様相を呈している。

つわりの期間、姉は〈クロワッサンとスポーツドリンク〉しか口にしないが、だからと言って食べ物の描写がなくなるわけではない。食べられない姉は〈スープや肉料理の湯気が白く漂っているような食卓〉を想像し、〈平目のムニエルやスペアリブやブロッコリーのサラダの絵〉を描く（〈二月六日〉）。

ところで、この小説の食卓の光景は少々偏っている。徹底的に洋風であり、逆に言えば和風は排除されている。出てくる料理は、〈ブイヤベース〉〈オムレツ〉〈マカロニグラタン〉〈ベーコンエッグ〉〈クリームシチュー〉とカタカナ名前が並び、米のご飯も漬け物も登場しない（ただし、〈炊飯器〉は〈三月十四日〉の庭での食事に現れるが、これも家の中の描写から排除されていると見られなくもない）。

飲み物に関しては〈コーヒー〉〈ビール〉は出てきても、日本茶は出てこない。さらに〈パプリカやタイムやセージの香辛料〉は出てくるのに、みそやしょうゆは出てこない。食器も同じである。〈スプーン〉〈フォーク〉〈グラタン皿〉〈コーヒーカップ〉は出てきても、箸や茶碗や湯呑みは出てこない。（付け加えるなら、〈わたし〉のバイトまでもが、スーパーでホイップクリームを売ることなのである。）

〈十二月三十日〉では、わざわざ〈松飾りも黒豆もお餅も、うちにはなかった〉と述べられる。この洋風一色の食卓に日本的なものを持ち込むのは、義兄の両親だけである。彼らは〈一月三日〉に〈重箱に詰めたお節料理を持って訪ねて〉くる。ところが〈その見事なお節料理〉は〈手のこんだきらびやかな工芸品のようで、食べ物には見えなかった〉と〈わたし〉には感じられてしまう。さらには〈姉と義兄は中華料理を食べに外出していた〉（〈五月二十八日〉）と中華料理も家の外に追いやられる。

このように洋風の食に関する名詞が氾濫するこの小説に転機が訪れるのは、〈五月二十八日〉である。〈わたし〉はバイト先でもらった〈アメリカ産のグレープフルーツ〉でジャムを作り、それが姉の気に入る。染色体を破壊する〈防かび剤ＰＷＨ〉が使用されているかもしれない〈アメリカ産のグレープフルーツ〉。この小説の核となる食品が登場してから、食の描写が一変する。グレープフルーツのジャムしか描かれないのである。〈五月二十八日〉以降では、〈六月十五日〉から〈八月十一日〉まで五日分の記述がある。そのうち短い〈七月二十二日〉を除くすべての日にグレープフルーツのジャムが出てくる。しかも、〈パンか何かにそれをつけて食べるのではなく、ジャムそのものを食べる〉、〈姉がジャムを食べる様子が〉〈カレーライスを食べているようにたくましい〉というような描写はあるものの、実際の食べ物として出てくるのはグレープフルーツのジャムだけである。

そのグレープフルーツに薬品が使われているとすれば、危険なのは果肉よりも果皮である。ジャムとは言うものの、果肉・果汁のみならず、マーマレードのように皮まで入れていることが度々描かれる。

〈皮の白い所だけを切り取り、残りを細く刻んで鍋に入れた〉〈皮も実もしっとり混じり合い、所々ゼリー状のかたまりができる頃〉（〈五月二十八日〉）

〈わたしはそれらの皮を刻み、実をほぐし、砂糖をふりかけて弱火で煮る〉（〈六月十五日〉）

〈わたし〉の悪意を強調するには、〈「これ、アメリカ産のグレープフルーツですか？」と確かめる〉（〈六月十五日〉だけでは不十分で、皮まで入っていることを念入りに描写する必要があるかのようである。

食に関する名詞の氾濫は、〈アメリカ産のグレープフルーツ〉の登場によって一気にそこに収束し、結末に向かって加速する。最後の〈八月十一日〉で、〈『陣痛が始まりました。病院へ行きます』〉という義兄のメモを見て、病院へ向かおうする〈わたし〉が目にするものも〈ジャムのついたスプーン〉なのである。〈五月二十八日〉までに繰り返し描かれる徹底的に洋風の食の風景は、グレープフルーツのジャムを導き出すための膨大な伏線であった、と見ることができよう。

姉夫婦と〈わたし〉の食卓は、現代的な都会生活を営む若夫婦のそれを極端に誇張したものだろう。キッチンには〈電磁調理器〉も〈食器洗浄器〉もあり、ある種「進んだ」食卓の風景と言ってもいいかもしれない。そこでは、日本的なもの、伝統的なもの、古臭いものはすべて排除されている。それと奇妙なコントラストをなしているのが産婦人科のM病院である。

〈古い木造の三階建て〉という子供の頃の記憶の残るM病院は、今も少しも変わらず、姉の言葉によれば〈M病院の看板が見えると、そこだけ時間の流れから沈澱したみたいにひそやか〉で〈何もかも古びていて時代遅れなんだけど、きちんと手入れが行き届いて清潔なの〉である。現代的な食生活を好む姉が、出産に際してわざわざ古びたM病院を選ぶのは、何かの寓意だろうか。

最後になるが、妊娠と近代文学をめぐる評論として、斎藤美奈子の名著『妊娠小説』がある。そこで斎藤は、男性作家の作品を中心に「望まない妊娠」を描いた小説を類型化して論じている。ところが姉の妊娠は「望まれる妊娠」であるがゆえに、その類型に当てはまらない。そんなところにも「妊娠カレンダー」の小説としての新しさがあると言えよう。

（中部大学助教授）

「ドミトリィ」――パッチワークを中心に――

小柳しおり

「ドミトリィ」（「海燕」90・12）は小川洋子が「妊娠カレンダー」で芥川賞を受賞後に発表した第一の作品である。この作品には《音》や《身体の欠損》、《消滅》、《夫の不在》、《糸》など小川洋子の著作に見られる特徴が集約されている。本論では《糸》に注目し読んでみたい。

語り手である〈わたし〉は現在、夫がスウェーデンへの単身赴任のため、〈生活に関するあらゆる種類の面倒さを猶予されて〉おり、〈あちらでの生活のめどが立って夫が呼び寄せてくれるまで、わたしは日本で待つことになっている〉。その、〈突然に訪れた真空の時間〉を〈わたし〉は心地の良いものとして過ごしているが、〈一人で暮らすというのは何かをなくす時の気持ちに似ているかもしれない〉と欠落感も感じている。毎日の区別がつかなくなるような麻痺した状態で、〈わたし〉は〈パッチワーク〉をして時間をやり過ごしているが、そのような生活は、嵐の翌日に訪ねてきた〈わたし〉の〈いとこ〉によって変化していく。

〈いとこ〉が訪ねてきた目的は、大学進学のために上京するので〈わたし〉が以前、学生生活をおくった〈学生寮《ドミトリィ》〉を紹介してほしいということだった。その〈学生寮〉には両手と片足のない〈先生〉と呼ばれる経営者が管理も兼ねて住んでおり、〈わたし〉は〈いとこ〉を通じて、再び〈学生寮〉とつながりを持つことになる。〈わたし〉が入寮の手続きのために〈先生〉に連絡をとると、〈先生〉は〈この学生寮はある特殊な変性を遂げつつある〉と告げる。一人の〈寮生〉がある日突然、行方不明になったため、悪い噂が広がり入寮希望者が減っており、〈寮の行事は全部廃止〉になってしまっている。しかし〈先生〉は、その噂のような具体的な変化は何の意味も持っておらず、〈特殊な変性〉とは関係がないと言う。では、本質的なところでの〈特殊な変性〉とは何であろう。

やはり、両手と片足のない〈先生〉に注目しなければならないだろう。身体に欠損を抱える人物は小川洋子の作品にしばしば登場する。《身体の欠損》は、有るべきところに有るべきものがない、逆に言えば、見えないものを見せるものだ。

小川洋子は〈レースの模様を決定づけているのは、材料の糸ではなく、糸の通っていない空洞の部分なのだ。つまりわたしは、見えないものを見ていたことになる〉と述べ、〈小説を書いてゆくうえで、ある一つの言葉を選ぶということは、他の無数の言葉を捨てるということだ。（…）選ばれた言葉たちは輪郭を作り出し、切り捨てられた言葉たちは、空洞を生み出してゆく。この二つの作用は、レース模様の裏と表のように、優劣なくイコールで結ばれている気がする。空洞だからといって、形あるものに劣るわけではない〉（「輪郭と空洞」『妖精が舞い降りる夜』角川書店、93・7）と、〈言葉〉はレースの《糸》によって縁取られたような空洞にも意味を持たせるものだとしている。

〈先生〉に足りない左手は、行方不明になった〈寮生〉が〈先生〉とともに花壇にチューリップの球根を植えることで、右手と左足はハンドボールをする〈いとこ〉のしなやかな肉体で補われている。それらの物語を〈先生〉自身の口から語らせることによって、見えないはずの〈先生〉の両手と片足はより現実感を帯び、対照的に現実に居るはずの〈いとこ〉たちの肉体的存在は希薄になっていく。実際、〈寮生〉は〈空気に吸い込まれるように、音もなくいなくなってしまい〉、行方不明になってしまった。入寮してから、〈わたし〉が毎日のように〈学生寮〉を訪ねても、〈いとこ〉にはいつも会えない。つまり、見えないはずの〈先生〉の身体の空洞を〈いとこ〉と〈寮生〉がレースの《糸》のように縁取っているのである。

〈わたし〉が〈先生〉に抱く感情を、小川洋子自身は〈先生は肉体の一部を失うことにより、哀しみを背負わされている。更に生命までも脅かされている。つまり、先生の困難はすべて肉体が原因になっている。彼女は肉体に痛めつけられている先生の「生」をいとおしんでいるのです。肉体への嫌悪と「生」への哀惜、これが非常に微妙なところで裏表になっているのですね〉（「「至福の空間」を求めて」「文学界」91・3）と述べている。〈わたし〉が持つ〈肉体への嫌悪〉とは〈「生」への哀惜〉というよりは、〈いとこ〉らによって補完されている〈先生〉の身体への憧れではないだろうか。〈わたし〉もまた、夫の不在という欠損を抱えているのである。そしてその空洞を縁取り補ってくれる、〈先生〉が持っているような《糸》は、無い。

ある日、〈わたし〉の元へスウェーデンにいる夫から手紙が届く。手紙にはスウェーデンのようすが写実的に描かれており、〈わたし〉が移住するまでにしておかなければならない事柄が五つ書かれていた。しかし、そこに列挙された項目が〈わたし〉には〈難解な哲学用語〉のように思え、いつまでたっても取りかかることができずに、どこまでも〈パッチワーク〉を広げている。二通目の夫からの手紙についても同じ反応である。やるべき項目が十に増えたにもかかわらず、〈わたしは手紙を引き出しにしまい、代わりにパッチワークを取り出した。今のわたしにベッドカバーや壁飾りなど必要ではなかったが、それ以外やるべきことが見当たらなかったの〉は、夫の手紙に書かれた、移住するための十の項目をこなすことが、皮相的には心地よく過ごしている今の生活を変化させてしまうことだからである。

〈わたし〉は自身が夫の不在によって不安を抱えていることを自覚しておらず、よくわからないその不安から逃れるために、どこまでも〈パッチワーク〉を広げている。〈先生〉が持っている《糸》のように欠損を補ってくれるものは、〈わたし〉には〈パッチワーク〉しかない。しかし、レース模様に縁取られた〈先生〉はとても優雅にお茶をいれられるのに、〈わたし〉の〈パッチワーク〉は不格好に広がっていくばかりだ。

しかし、〈わたし〉が完璧に感じた〈先生〉の優美なその身体も、内側では肋骨が心臓を突き破ろうとしている。〈学生寮〉が遂げつつある〈特殊な変性〉とは、〈先生〉の死だった。〈先生〉の死は、そのまま〈学生寮〉が無くなることを意味している。

〈先生〉の死と連動するかのように〈先生〉の部屋の天井にある染みも広がっていく。〈先生〉の周りには常に蜜蜂が飛んでいたが、〈わたし〉は（そして読者も）その染みを行方不明になった〈寮生〉、もしくは〈わたし〉がいくら〈学生寮〉を訪れても会えない〈いとこ〉の死体から滴り落ちる血液ではないかと疑い、正体を確かめるために〈わたし〉は二階へと続く階段を上る。

天井にある染みの正体は、ふくれあがり、ひび割れてしまった蜜蜂の巣から滴り落ちる蜂蜜だった。

着目すべきは、〈パッチワーク〉も空洞を縁取るレースも蜜蜂の巣も、増殖し続け、いつかはその形を制御できなくなってしまう可能性を秘めている点である。つまり、〈わたし〉は夫の不在という現実を受け入れて、〈パッチワーク〉で自らの空洞を塞ぐ行為を止めなければ、現在の生活が破綻してしまう可能性を持っているのである。だが、〈わたし〉がそこに気がついたかどうかは書かれていない。〈わたし〉が蜜蜂の巣に手を伸ばしたところで突如、物語は幕を閉じる。「ドミトリィ」は、〈わたし〉の日常に潜む不安が増殖する姿を描いた物語である。

（武蔵野大学学生）

「夕暮れの給食室と雨のプール」——《陰画》との対話、そして別れ——

津久井秀一

〈わたし〉は〈フィアンセ〉との生活が始まるまでの三週間を、新居で〈一人きりで過ごす〉ことになっている。引っ越しの翌日、子連れの宗教勧誘員が来訪し、〈「あなたは、難儀に苦しんでいらっしゃいませんか」〉と問いかける。勧誘は拒絶したものの、〈男〉の醸し出す〈特殊な空気〉は〈わたし〉の印象に残り、その後、親子と二度、いずれも〈給食室〉の見える〈小学校の裏門〉で出会うことになる。一度目、〈男〉は〈午前中の給食室〉で千人分のエビフライがベルトコンベアーの上で次々に作られる様子を、まるで〈給食評論家〉のように生き生きと語って聞かせる。二度目には〈夕暮れの給食室を見ると、僕はいつも雨のプールを思い浮かべる〉と語り、前回と一転して、幼い頃の〈恐怖〉と〈恥辱〉に満ちた〈雨の日のプール〉での体験と、給食が作られる時の〈におい〉と〈不可思議な風景〉に対して抱いた〈たまらない気持ち〉を打ち明ける。更に、初めて学校をさぼった日、〈祖父〉に廃墟となったチョコレート工場に連れて行かれ、絶望的状況から救われたエピソードを語ると、その後の泳げるようになった自分と〈祖父〉の死を明かし、息子とともに去ってゆく。

作品の中心が、〈男〉が語るエピソードにあることは無論だが、一方で〈わたし〉を単なる聞き手として読み過ごしては不十分だろう。次第に核心へと迫る〈男〉の物語に呼応する形で、〈フィアンセ〉との新しい生活に向かう〈わたし〉の志向も又、明確になって行くからだ。

〈わたし〉が引っ越してくるのは〈霧に包まれた冬の初めの朝〉だ。冒頭で語られるこの〈霧〉に包まれた時空は、日常生活の狭間に偶然空いたエアポケットのような〈わたし〉の三週間の生活の質を端的に象徴している。〈小さなトラックががたがた震えながら霧の中に消えてゆく〉時、読者は、〈わたし〉が、外部から遮断された別の世界に一人取り残されたような印象を覚える。〈フィアンセ〉の存在感は極めて希薄であり、時折送られてくる電報のカタカナも、異世界からの交信のような距離感を感じさせるのである。とはいえ〈わたし〉がおかれているのは完全な閉塞状況ではない。それは幾分微温的であり、〈霧〉が晴れるように〈わたし〉の〈孤独〉な状態も期限が約束されている。〈わたし〉は、偶然もたらされたこの〈一人きりで過ごす最後の三週間を、たっぷり大切に味わおう〉と考えるが、この思いは、過去の長い〈孤独〉な時間に耐えその功罪を知悉し得た者が抱く、これまでの自分に対する名残惜しさと新生活への期待とを共に孕んでいる。〈乳白色の水滴の一粒一粒〉に見えてくるまで〈霧〉を凝視する〈わたし〉の有り様は、こうした〈わたし〉のメンタリティと響き合っている。

翌日の、〈「あなたは、難儀に苦しんでいらっしゃいませんか」〉と問いかける子連れ宗教勧誘員への応対にも、当然こうした〈孤独〉な状況に正面から向き合おうとする〈わたし〉の真摯な姿勢は明瞭に反映されている。〈「まず、難儀の定義がわたしには分かりません。冬の雨も、雨に濡れた長靴も、玄関に寝そべる犬も、難儀といえば難儀ですし………」〉

ここで述べられているのは、〈難儀〉とは、相談などによって解消され得ない、生きることそのものに不可避的にまとわりついてくる必然だという徹底した認識ではないだろうか。〈フィアンセ〉との新生活自体が、既に様々な負の要素を抱え込んだ〈難儀〉なものなのだ。ただ、〈わたし〉は新たな〈難儀〉を自らの意志で選び取り、自分を賭けることにした。だから、自分には幾分〈古臭く〉〈時代遅れ〉に思える新居を一心に整えるのだ。

〈ペンキは思ったよりもずっときれいに壁になじんだ。浴室はどんどん鮮やかに光り始めた。〉

語られているのは、〈わたし〉が行う些細で現実的な行為の積み重ねと、そうした行為に対するやはり〈わたし〉自身の、極めて主観的な印象にすぎない。しかし、こうした些細な行為の集積と、行為に託された生への期待（＝想像力）によって、はじめて〈難儀〉な生は、その彩りを確かに変えてゆく。このような充溢した意識のうちに宗教上の勧誘が入り込む余地はあるまい。それでも〈わたし〉が、なお、勧誘員の親子にこだわるのは、彼らの〈飾り気のない姿〉〈哀しげな目〉を通して感受された〈特殊な空気〉に、今〈大切に味わおう〉と考えている〈一人きり〉の生活と通底する性質を直知したからに他ならない。〈わたし〉と〈男〉との共通点は、そして感受された彼らの〈特殊な空気〉の内実は、〈わたし〉と二人との最後の出会いの場となる〈夕暮れの給食室〉の前で明らかにされる。〈雨のプール〉のエピソードで語られる水への〈恐怖〉と、泳げない者としての〈恥辱〉感は、全体からの脱落を自覚した者の身も細る孤立感をリアルに伝えている。また、彼が〈午前中の給食室〉で嗅いだ〈濃密で息苦しいにおい〉や、踏みつぶされるジャガイモに残る〈長靴の底の模様〉が与える圧倒的な〈不気味さ〉は、何気ない日常生活の背後で展開されている営みのグロテスクな相貌を余すところなく伝えている。しかし〈男〉の回想の中心はやはりその後の、彼の〈祖父〉とのやりとりにあるだろう。学校をさぼった小学生の〈男〉が連れていかれる〈恐ろしく古い鉄筋の廃墟〉は、かつて〈腕のいい背広の仕立職人だった〉が、現在は酒をのみ問題ばかりおこす〈厄介者〉の〈祖父〉にとって、まさに一人物思いにふけるにふさわしい場所と言えるが、〈祖父〉は彼にそこでかつて膨大なチョコレートが製造されていたことを告げ、機械のローラーの〈におい〉を嗅ぐよう勧める。彼は〈何か大きなものに包まれているような心地よさ〉を抱き、〈最初は、ただ鉄のにおいがしただけ〉の古びたローラーに〈甘い優しいにおいが、夢のように立ちのぼって〉来るのを感じる。絶望していた少年が、〈祖父〉の示唆によって自らをわずかに世界に繋ぎ止められたということだけは言える。しかし、このエピソードが少年にもたらす真の意味は、その後の〈男〉が自らの生をどのように生きたかにかかっている。〈わたし〉が〈「続きのお話は、もうないのですか」〉と聞かざるを得ないゆえんだが、〈男〉の言葉は、彼の位置を依然として明確にはしない。彼は〈泳げるように〉なり、〈祖父〉は〈悪性腫瘍〉で死ぬ。彼の〈恐怖〉と〈恥辱〉感はとりあえず消えたが、彼はおそらく世界で唯一自らを完全に受容してくれる他者を喪ったのである。状況は変わらなかったのかもしれない。陶酔感にも無縁なまま、宗教の勧誘に街を転々とする〈男〉は、他者の〈難儀〉の相談にのるよりも、むしろ自らの〈難儀〉に捕らわれ続けているのだから。

廃墟のチョコレート製造機に、芳醇な香りを嗅ぎ取った少年は、ペンキの塗られた壁の美しさを感じ取る〈わたし〉と酷似している。世界との結びつきを希求する懸命さにおいて、更に世界との結びつきが自らを完全に受容してくれる他者の存在を不可欠としている点において、両者は同胞《はらから》のように似通っている。〈何か言葉を掛けたい〉という〈胸苦しいほど〉の願いは、〈男〉の告白に対する〈わたし〉の強い共鳴を示している。あえて言うなら、〈男〉と息子は、〈わたし〉と〈ジュジュ〉の《陰画《ネガ》》なのだ。〈男〉は〈フィアンセ〉のいない〈わたし〉に他ならない。〈わたし〉の〈男〉への対応は細やかな心遣いに満ちており、〈ジュジュ〉と戯れる愛くるしい息子の姿に注がれるその眼差しは限りなく優しい。あたかもそれらは〈一人きり〉の生活で過ごしてきた過去の自分自身に対して向けられているかのようだ。去ってゆく親子、自らの《陰画《ネガ》》の行方を見届けると、決然として〈わたし〉は〈彼らとは反対の方向に駆け出し〉てゆく。〈一人きり〉の生活はもう終わろうとしている。

初出は「文学界」一九九一年三月号。後、同年三月『妊娠カレンダー』（文芸春秋社）に収録。二〇〇四年八月には、米国の週刊文芸誌「ニューヨーカー」に英訳され話題を呼んだ。

（栃木県立那須清峰高等学校教諭）

『シュガータイム』——対象喪失の物語——深澤晴美

〈『成熟』するとは、なにかを獲得することではなくて、喪失を確認することである〉。小此木啓吾は、この江藤淳『成熟と喪失』の言葉を引き、江藤の説く「喪失の確認」は、フロイトのいう「喪の仕事」と「断念」の意味するところに近いように思うと記した。[注1] 小此木によれば、愛情や依存の対象を失うことを予期した時から内的な object loss（対象喪失）は始まるのだが、こうした現実との直面から逃避しようとする躁的な防衛規制が働くことも多い。思春期の女性の中には、対象を失いながらそれに気づくことさえできず、哀しみや苦痛も味わうことなく、ただ自分が失われたという感覚だけが残り、空しさをみたす最も原始的な行為である多食に耽る人もいる。mourning work（喪の仕事、悲哀の仕事）の第一の課題は、こうしたモラトリアムな状態を脱して絶望の心理を経、愛する対象から本当の意味で別れ、新しい世界を発見するという心境になっていくことだという。

〈欠損と過剰〉の問題を取り上げて、小川もまた〈大切なものを既に失っているような気もするし、余計なものばかり背負いこんでいる気もする〉（『妖精が舞い下りる夜』角川書店、93・7）と記しているが、初の長編小説「シュガータイム」（「マリ・クレール」90・3〜91・2。中央公論社、91・2）でも、〈既に失っているような〉或いは失いつつある何かと、過剰な食欲が描かれた。そこでは、執筆時期も重なる「妊娠カレンダー」（「文学界」90・9。文芸春秋、91・2）と同様に食欲という主題を巡って、〈妊娠カレンダー〉ならぬ〈奇妙な日記〉を付ける大学四年生の〈わたし〉(かおる)の〈シュガータイム〉が語られている。作品の現在時は、〈三週間ほど前から〉日記を書き始めたという四月二十二日(日記の開始は四月一日であろうか)から、最後の大学野球リーグ戦の日、切り刻まれた日記が紙吹雪となる迄の約半年間だが、実の母は早くに病死し、父親の存在は薄く、義理の弟航平は成長できない病気で、新しい母親はその病気のみを気に病み、ひどく少食で物静かな恋人の吉田さんは不能でありと、この〈粉砂糖の淡く降るような稀薄な世界(注2)〉は、当初から喪失の気配がたちこめていた。〈食べ物の残骸をかき集めていても、何となくもやもやとした満ち足りなさがわたしの中を漂〉い、食べ終わった後も〈何かささくれたような、うじうじするようなものが残〉るというかおるの異常な食欲の発端は、高校を卒業した航平が三月の終わりに教会に引っ越してきたことである。その日の朝、〈あやふやな太陽〉の光の中で、かおるは〈ああ、最後の春が始まる〉と不意に強く思い、〈あまりにも愛しくて泣いてしまいそうになるような、そんな大切な春〉を予感する。〈醜い大人〉になることを拒み、一人で〈無垢な場所〉へ赴こうと修行を始める航平とは、〈母屋の教会までほんの十数歩〉にもかかわらず無限の距離が生じつつあるようで、かおるは〈特別、気になるような痛みやきつさがある訳ではなかった〉が、〈なぜかふと、淡い淋しさのひとひらが静かに降ってきたように〉思う。

一方、大学院生の吉田さんの〈春休みは忙しく〉、食欲がおかしくなり始めて最初に待ち合わせをした時は〈本当に久しぶりで〉ぎこちなく、部屋には〈しばらく来ない間に〉陶器製の傘立て等〈目新しいものがいくつか増えていた〉ことにも気付く。二人の待ち合わせが語られるのはこの一回のみで、六月一日の事故後は、月末から始まった前期試験中のキャンパスで偶然会ったに過ぎず、〈秋の深まった〉頃に長い手紙が届けられるまで完全な沈黙があった。かつてかおるは、〈あまりにも透き間なく重なり合って、吉田さんがわたしの内側に溶け込んでくるようだ〉と感じていたが、手紙によれば、吉田さんは初めて〈お互いに、含まれあっている〉と思える女性に出会ってしまったのであり、〈彼女と僕を癒すために〉対話療法はずっと続いてゆくという。だが、〈脆く壊れそうなれんがの橋を、一人ぼっちで震えながら渡るように生きている〉女性に対する吉田さんの、〈僕自身の意識さえ届かない奥深い魂の一点に、彼女の瞳が映ってい〉る、〈彼女について何も感じないでいることができ〉ず、〈哀しみに近いもの〉を感じるという感覚は、実はかおるが航平に感じていたものと同じであった。

航平を最初に見た十一歳の時、〈この子について何も感じないでいることは絶対に無理だ、と直感した〉かおるは、今も〈哀しい気持を味わうときはいつも〉〈その気持の一番奥に、小さな小さな航平がいるような気〉がする。〈彼は必ずわたしに何かの〝感じ〟をもたらす〉が、それが〈たとえ淋しさや悲しさに似ていても〉決して苦しくないのである。〈一人にされた〉淋しさを〈自分が空洞になってしまったみたい〉と表現し、その〈深く果てがな〉い〈空洞〉を埋めようとして過食に陥ったかおるだが（オールドミスの主任や背がとても低い客に〈持って生まれた哀しさ〉や切なさを感じたのは、そこに自分と航平のある種の陰画を見たのであろうか）、〈夏休みも半ばを過ぎた頃〉には、〈重要なことに気付いた〉として〈吉田さんを好きなのは、彼がわたしを必要だと思ってくれるからで、それ以外に理由はない〉と親友の真由子に既に話していた。そして、吉田さんがソ連へ出発する月を迎えた時、〈濁った沼から抜け出〉そうとして、〈小動物の死骸のように、いたわし〉い食べ物の残骸を〈火葬〉し、〈何物にも傷つけられ〉ぬ〈微笑みと満足に彩られた平和な食事〉をとる為に招待したのが、〈ごくありふれた姉弟〉としての航平だった。航平の〈神聖な祈り方〉は〈安らかなもの〉を感じさせ、〈久しぶりに満腹感を得〉たかおるは、その〈平穏な感覚〉の後に、自分が哀しさを〈まだきちんとあじわっていなかった〉こと、航平の掌を包みながら感じた〈お互いが含まれ合っているかのよう〉な〈無垢な温もり〉こそ真に求めていたものであったことを知る。最後の日記を記し、最初の日からの記述を辿った〈わたしの意識は不思議なくらい鮮明に透き通って〉おり、ただ〈掌に残った感触〉が満ちているだけで、翌日、〈さわやかな〉空気の冷たさに触れ、見慣れた風景の中に〈時の過ぎてゆく足跡が確かに残されていた〉のを見、〈気付いていないふり〉をしていた〈終わり〉を認める。そして、真由子により〈砂糖菓子みたいにもろいから余計にいとおしくて、でも独り占めにしすぎると胸が苦しくなる〉〈わたしたちのシュガータイム〉の終わりが告げられるのである。

「あとがき」には、〈どんなことがあってもこれだけは、物語にして残しておきたいと願う何か〉の正体が、〈どういう形で表出してくるのか、不安〉だったが、この小説は〈これから書き進んでゆくうえで、大切な道しるべになるはずだ〉とある。この〈何か〉は、作中では〈人間の一番深い哀しみの形〉と生硬な形で表現され、『妖精が舞い下りる夜』でも〈生まれてきたこと、生きることそのものにしみ込んでいる哀しさ〉と記されたが、それは喪失に向かって生きていかざるをえない哀しさであったろうか。義弟に病（下垂体性小人症では、性腺刺激ホルモンの分泌も障害されることが多く、性器は幼児型のままで、声変わりや陰毛等もないのが普通という）を負わせることで、〈ずっと始まりにいるのだから〉〈終わりがないような〉姉弟の〈完璧な安らぎ〉（「完璧な病室」）に留まろうとしたのも喪失への恐れ故であったのなら、まだ喪は終えられていなかったと言えようか。

注1　『モラトリアム人間の心理構造』（中央公論社、79・7）。他に『対象喪失　悲しむということ』（中公新書、79・11）、『モラトリアム社会のナルシスたち』（朝日出版社、84・6）等参照。尚、『成熟と喪失』は河出書房、67・6刊。

2　村田喜代子「シュガーの霧にのぞくもの」（「新潮」91・5）。尚、「Sugar time」は佐野元春7枚目のシングル（82・4。翌月、3枚目のアルバム『サムデイ』に収録）。『アンジェリーナ』（「月刊カドカワ」92・6〜93・3。角川書店、93・4）の他、処女作「揚羽蝶が壊れる時」（「海燕」88・11。『完璧な病室』福武書店、89・9所収）の原題も元春の「情けない週末」であった。

（和洋九段女子高等学校教諭）

『余白の愛』――静けさの底からの回復――**羽鳥徹哉**

夫に女が出来、〈わたし〉を置いて家を出て行った翌日から〈わたし〉には異常な耳鳴りが生じ、F耳鼻咽喉科病院に入院した。〈私はこうして突発性難聴を克服した〉というテーマの座談会に出席した。一旦治まって退院した二日後、雑誌「健康の扉」に乞われ、〈わたし〉はその席で、速記者Yの存在、特にその指に惹かれた。形の繊細さもさることながら、〈わたし〉たちの話とぴったり一つになって動き、鋭敏で、しかし出しゃばることも、押しつけがましくなることもない指に、〈わたし〉は〈安らか〉なものを感じた。ところがそんな座談会に出席したお陰で、また耳の病気はぶり返した。再入院した〈わたし〉のところに、四ヶ月ぶりで夫が姿を現し、離婚届を押しつけて行った。〈耳の中では、百台の壊れたピアノがいっせいに鳴り始め〉た。幸い、夫の姉の息子で、十三歳の少年ヒロが同情的で、慰め、用事を引き受けてくれる。しかしヒロだけでは満たされない心はYを呼ぶ。ことにあの指が見たい。「余白の愛」はそういう所から始まり、さまざまな経過の後、〈わたし〉が痛手から立ち直り、回復するまでの物語である。そのさまざまな経過というところが、この作品の命なのだが、この部分は、後でYが言うように、〈記憶が君を追い越してしまった。もしかしたら反対に、君があとずさりした〉（17章）現象だった。つまりこの作品は、過去の記憶の中への退行現象、もしくは記憶と現在の願望とが一緒になって作り上げた幻想世界での、或いは現実の余白での、癒しと愛の物語である。

〈わたし〉には十三歳の時、同い年の好きな少年がいた。二人は幼いデートをし、博物館でベートーベンが使ったという古い補聴器を見たりした。彼はヴァイオリンを弾き、〈わたし〉を楽しませてくれたのに、突然いなくなってしまった。しかしYとの交流が深まり、〈わたし〉が癒されかけて来たとき、それまでの不快な耳鳴りとは違う、快い耳鳴りを感じ出す。最初は何の音か分からなかったが、やがてこれはあの少年が弾いてくれたヴァイオリンの曲だと分かってきた。この作品の一つのクライマックスは、そうやって多少癒しが進んだときに、Yとヒロが〈わたし〉の為に開いてくれた誕生パーティの日の出来事であろう。〈わたし〉たちは、昔の侯爵邸を改造した小さなホテルのレストランで、昼の食事をした。終わって外に出ると、一面の雪。人通りもまばらで、地下鉄も止まっている。停留所に待っていると、やがて〈白い毛皮に覆われた、大きな哺乳動物のような〉バスがやってくる。この辺りは、宮崎駿の「となりのトトロ」(88)などにつながるファンタジイの世界である。

Yがくれた名刺には、〈議事録発行センター・速記の会〉と記してある。後に〈わたし〉がそこを訪ねてみると、そんなものはなく、そこは倉庫を改造したアンティークの家具屋だった。その日は定休日で、年取った職人が一人作業をしていた。許しを得て、積み重ねた古い家具の間に入り、そこに古いヴァイオリンと一枚の写真を発見した。写真には、あのホテルになる以前の侯爵家のバルコニーが写っている。そしてそこにあの十三歳の少年とYがいる。侯爵家には、十三歳の時バルコニーから落ちて廃人同様になり、十数年後に死んだ少年がいたというが、〈わたし〉のかつての恋人がつまりその少年であり、Yはその兄だったらしいのである。そんなミステリアスな謎解きの要素もこの作品にはある。しかし、その謎解きは、どこまでが現実で、どこまでが幻想なのか分からないという、現実と非現実との融和現象も、この作品の一つの特徴である。

この作品のキーワードとでもいうべきものは、〈指〉と〈音〉であろう。

〈指〉は、夫の指とYの指が対応する。夫は伸びた髪を切ってくれるのが例だったが、その場合夫は〈わたし〉にタオルとケープを巻き付けて〈いやおうなく押さえつけ〉る。その日は、〈指の形や雰囲気や表情に、取り返しのつかない冷たい影が宿っていた〉。〈わたし〉は〈何の前触れもなく夫の裏切り〉を感じ、三週間後、それは事実となって現れた。それとは対照的に、Yの指は〈わたしを引きつける何か大切なもの〉を隠し持ち、〈彼の指を眺めることは、わたしを安らかな気持に〉する。それは、〈余計なことをつべこべ喋らない〉〈自分を目立たせない方法を心得ている〉〈耳がいい〉〈辛抱強い〉という速記者の条件を全て充足しているしるしであるかのように、〈魅力的〉である。〈わたし〉は、〈わたしの耳のために、あなたの指を貸してもらえませんか〉と頼んで、Yに部屋に来てもらい、耳に関する〈わたし〉の物語を速記してもらう。そして更にそれが昂じると、〈お願いがあるの〉〈あなたの指を抱いて眠りたいの〉ということになる。〈たやすいことさ〉とYは快く応じ、Yの指を抱いて寝ることで〈わたし〉は最終的に癒されていくことになる。

指を抱いて眠るという設定には、川端康成の「眠れる美女」や「片腕」が意識されていると思われる。しかし川端作品との根本的な相違は、Yの指が犯す意志を持たないことである。〈指は自分から動こうとはしなかった。身体のどこかを探ろうとしたり、何かをつかもうとしたり、払いのけたり求めたり、そういう意志は息をひそめていた。わたしが感じ取れるのは、指そのものだけだった〉。それでいながら〈わたし〉は、〈身体全体を抱き上げられているかのような安堵感〉を覚える。指は〈弱々しい影〉同様、〈わたし〉に何の要求もせず、そのことで〈わたし〉は安心し、〈心が軽く〉なる。というのであるが、これは男の側からすると困った要求で、「眠れる美女」の半分男でなくなった老人でさえ、男である限り、何かを探りたがり、それ以上のこともしたいに決まっている。それを抑えることは、平均的男性の場合、責め苦であり、拷問である。しかし反面、小川的発言に安堵する男性もいるかも知れない。何しろ我々の少年時代は、お前立ち小便をしてみろ、砂利を吹き飛ばすくらいでないと女を喜ばせられないぞ、そんな教育を受けて育ったのである。そして多少物心つく頃になると、大江健三郎などという方が、〈性のエキスパート〉などという言葉をお使いになる。山田詠美さんが出てきて、黒人のものでなくては駄目だなどとおっしゃる。そういうことですっかりおびえてしまった男性は、小川さんの「シュガータイム」「余白の愛」などによって、救われた気にならないとも限らない。もっとも最近は、セックスレスの若い夫婦も多いということで、まさか小川さんの影響でもあるまいが、そうなるとまた行き過ぎである。いずれにせよ、「余白の愛」の〈わたし〉の要求は、特殊を越えて、女性そのものの本性に届いているところもあるようだから、男性にとっては女性学習の大切な中心課題として検討の余地ありということになりそうである。

次に〈音〉は、不快な耳鳴りと、快いヴァイオリンのメロディとが対応し、また騒音と〈静けさ〉とが対応する。〈静けさ〉は、〈Yと一緒の時は、どうしていつもこんなふうに、そう、誰からも忘れられた耳の後ろのように、あたりがひっそりとしてしまうのだろう。〉(11章)とあるように、Yといる時間の特性である。それがそうである理由は、Yの指が魅力的であるのと同じで、彼がひかえめで辛抱強く、こちらの思いを過不足なく受け止めてくれるからである。10章には、〈耳の後ろ〉は、〈身体の中で、一番奥ゆかしい場所〉だとする発見が記され、13章には、Yが、魚の中では、〈海流も届かないくらい深い海の砂地に、ひっそり隠れているような深海魚〉が好きだと話す場面がある。こういう〈静けさ〉と〈奥ゆかし〉さを憧憬するということには、がさつな競争社会、闘争社会に対する、小川さんの批判が込められていると思われる。そういう小川さんでも、マクベスの妻的要素を絶対に潜めていないということもないだろうが、そういうものへの意識もあるから、なおそれへの抵抗として、静けさと控えめへの憧憬は打ち出されているのであろう。

(成蹊大学名誉教授)

「薬指の標本」——「密室」の脱構築——森本隆子

サイダー工場で、誤って左の薬指の先を切断された〈わたし〉が、新たに見つけた勤務先は〈標本室〉だった。ペットの文鳥の遺骨を持参する靴屋のおじいさん、元恋人の作曲家が、かつて捧げてくれた自作の楽譜を携えた女の子…。来訪者たちは、ここ、弟子丸氏の経営する奇妙な〈標本室〉に、悲しみや痛みを引き起こさずにはいられない品々を、それぞれに持ち寄ってくる。弟子丸氏は、それらの品を地下の標本技術室で〈標本〉にして〈封じ込める〉ことで、それらを持ち主たちから〈分離〉し、〈完結させ〉てやるのである。

「薬指の標本」(「新潮」7、92)が、小川洋子に特徴的な「密室」の系譜に連なる物語であることは疑いない。現実界では生きることを許されなくなったものたちの隠れ家としての「密室」。しかし、ここでの「密室」は、極度に相対化されていると言わざるをえない。何しろ、この作品で選び取られた「密室」の隠喩は、標本である。たとえばピンで貼り付けられた蝶の死骸が象徴するように、標本とは、単に完壁に密閉された空間であるのみならず、徹底的に採取家によって「管理」されたモノである。現実界の生への回路を切断されることによって、逆説的に永遠化されるという「密室」の鮮やかなロジックは、ここでは、一皮むけば、死という変形を被り、「密室」の持ち主によって所有され直し、幾重にもモノ化の波に侵食されていることが露呈されている。そこには、もはや「完璧な病室」(89)が湛えていた静謐な透明感はない。

「薬指の標本」は、あたかも「密室」を犀利に脱構築するかのようである。その圧巻が、小説ラストで〈わたし〉がみずから選び取ることになる〈わたし〉自身の標本化であることは言うまでもない。〈わたし〉が失った薬指の先は、切断された瞬間にサイダーの泡に呑み込まれ、標本にしようにも、存在そのものが、ない。裏返しの形として、地下の標本技術室へ消えた、と〈わたし〉が確信する〈女の子〉の頬の火傷の傷跡は、その皮膚から引き剥がしようがない。これら〈自分と切り離せない何か〉の標本化を渇望する者たちは、したがって、自分自身の存在そのものを標本と化するしかない。「欠落（指の切片）／過剰（火傷のヒキツレ）」として肉体に刻印された絶対的損傷は、存在そのものの絶対的損傷を意味する符牒であると言っても過言ではない。この世から存在そのものを拒まれた者たちは、存在を消滅させることを代償としてのみ、標本の中に永遠を勝ちえる、という転倒を生きざるをえないのである。〈わたし〉は、〈わたし〉自身が弟子丸の中に封じ込められて標本と化し、彼の視線を一身に浴びながら、試験管の〈なま温かく、静かな〉保存液に包み込まれる様を夢想する。記憶の残像の中で、サイダーを桃色に染めながら、今も舞い落ち続けている指の切片のあてどのない浮遊感は、〈わたし〉の存在そのものが密閉されるのを俟って、モノ化された〈わたし〉の中に、ようやくにして封印される。

それでは、弟子丸とは何者か。「弟子丸―私」の関係が「標本室―標本」の関係とアナロジカルであることは、もはや明らかである。〈わたし〉を初めとして、いくつもの「標本」を内蔵しうる弟子丸は、作中、一種の「空洞」として表象されている。個々の標本が、互いに共約不可能な徹底的に〈個人的〉なものであるにもかかわらず、それを預かる弟子丸の方からは、〈自分にまつわるあらゆるもの〉が〈見事なまでに排除〉されている。〈わたし〉と弟子丸の関係は、ストーリー展開上は、〈微妙にバランスの崩れてしまった左手〉を持つ女と、視線の異様な強さを除けば〈どこを取ってもバランスが取れてい（る）〉男との微妙な共振れであり、構造的には、標本として埋められるべきオブジェとゆだねられる空洞の「対」を成している。〈わたし〉の欠けた薬指が弟子丸の口に含まれ、その唇に潤された時、〈わたし〉の標本化までの道のりは、そう遠くはない。

今や、「密室」の系譜に底流し、恋愛であるかのようにも語られてきた男女関係さえもが、脱構築されている。それ自体、「男／女」間の権力構造を内在させる恋愛は、「採取／標本」「所有／被所有」をめぐる支配と被支配の権力関係の強度として作品に現れているのである。だとするならば、しばしば指摘されるように、小川文学の恋愛が、フェティシズムの形態をとるのは、当然の帰結であろう。フェティシズムが他者の身体の一部をモノとして所有しようとする性癖である以上、それは、採取家が標本をモノ化する作品の構造と、あまりにも、よく見合うからである。まず、弟子丸が、ふくらはぎを愛撫しながら〈わたし〉に履かせてくれた〈黒い革靴〉は、まるで〈生まれた時から〉〈くっついているみたい〉に、皮膚との〈境目〉を失って〈わたし〉の足と溶け合ってゆく。小指の先まで自由を奪い尽くされながら優しく包み込まれた足は、むきだしのままの欠けた手の存在を、浮かび上がらせずにはおかない。やがて標本室に散乱した和文タイプの活字を拾いながら、〈わたし〉の欠けた薬指には、〈晶〉の字が吸盤に吸いつくように、ピタリと収まるだろう。「晶」の字が象る極度に密度の高い透明な空間は、〈わたし〉が吸い込まれてゆく「標本」の先取りである。かつて跪く弟子丸から黒い靴を履かせてもらった〈わたし〉が、今や、タイプの活字を残らず拾うべく、彼の前に這いつくばる。ふつう、恋愛の始まりにおいて、男が女を拝跪する行為は、その肉体をみずからが所有し、従わせるための儀礼である。しかし、ここで、あたかも処女の身体のごとくに、求められ、そして差し出されているのは、標本と化するための身体なのだ。

標本室のフェティシズムをめぐる考察において、もっとも興味深いのは、標本化されつつある〈わたし〉自身が、一方では標本室の助手として、弟子丸のフェティッシュな視線をみずから内面化し、標本採取家としての眼差しを獲得してしまっていることである。少女の顔の全体から火傷のある頬だけを特権的に切り離して、それを〈模様〉のある〈薄くて透明で細やかな〉〈ベールの切れ端〉に見立てる〈わたし〉の視線は、弟子丸にもましてフェティッシュである。美しい獲物として少女に見入る弟子丸の視線を先取り的に模倣する行為は、欲望される少女に対する同性としての嫉妬へと反転し、自分自身が美しい標本へ封じ込められたいという欲望を掘り起こしてゆく。〈わたし〉の切り落とされた指の先は、美しい文様のような火傷の跡へスライドされ、やがて朝食のスープの底に沈む人参のイメージと結び合ってゆく。サイダーを血で染めながらも桜貝のように舞い落ちていった薬指の記憶は、これを俟って、ようやく試験管の中に鮮やかに封じられた指先の像へと昇華されるのである。

弟子丸というガランドウの標本室の中で、視線と視線が絡み合い、標本と標本が共鳴し合う。作中、あらゆるものたちが標本のために何らかの機能を担い、標本室の文法にしたがって布置されてゆく。「消滅」と「チ・カ・シ・ツ」の関係を〈わたし〉に暗示してくれた223号室の老婦人は、彼女自身が、半ば世間から消滅し、干涸び始めた剥製として、いわば「標本 No. 223」の中に密閉されている。〈靴の侵食〉に〈彼氏の侵食〉を看取し、警告を発してくれた靴屋のおじいさんとて、元は文鳥の標本化を願い出た依頼人の一人にすぎない。「靴の標本化」を提案する彼の親切は、現世で叶わぬ愛を、自分から切り離すことで永久保存するという論理の倒錯性において、まちがいなく「標本室」のコトバへと回収されている。もしも、この完璧なまでの標本の一覧表に違和を差し挟むものがあるとするならば、それは小説の最後、先を欠いた薬指をそっと自分の掌に包むようにしまいこむ〈わたし〉の何気ない仕草であろう。完璧に無機化されてしまうはずの薬指に、なお損傷の痛みは走り、掌のぬくもりがそれを覆う。消滅してゆく自分自身へのいとおしみが漂い出したような最後の一行において、危うく均衡を保ち続けてきた「標本室」のバランスは、微妙に、しかし決定的に乱されている。

（静岡大学助教授）

『アンジェリーナ　佐野元春と10の短編』——鈴木伸一

——「バルセロナの夜」夢幻の伝統——

小川作品には、図書室・博物館・標本室・温室といった、日常的な空間とは一線を画した空間が登場することが多い。それは小川が作品を生み出す際の〈最初に頭に浮かんでくるのは場所なんです〉（「なにかがあった。いまはない。」「ユリイカ」04・2）という発想方法によるところが大きいと考えられる。つまり、小川にとってのそうした空間は、作品生成上、極めて重要なのである。それは小川の幼少時の図書室体験に求めることができる。小川にとって図書室は、〈ホッとできる〉〈一人になることができた〉（『深き心の底より』海竜社、99・7）空間なのである。そして、〈遠い外国や海の底や小人の世界をさまようことができ〉、〈教室で味わったいろいろな窮屈な思いを、全部忘れることができた〉（同）空間なのである。こうした空間で〈物語をゼロから想像してゆくことの魔力に、私はとりつかれてしまった〉（同）という。これは、小川が小学生時代を語ったものだが、小学生としての現実社会である小学校、その中にありながらも唯一現実から遊離することのできる空間が図書室ということになる。そして、現実遊離は〈物語のゼロからの想像〉へと飛翔するのである。「バルセロナの夜」の〈図書館〉もそうした現実遊離の非日常空間といえるのではなかろうか。「バルセロナの夜」の冒頭の〈図書館〉外観の描写は、〈閉鎖された事務所のよう〉、〈さびれた礼拝堂のよう〉に見え、〈建物を包んでいる静けさが宙にしみ出してゆき、空を夕焼けにそめているかのようだった〉とあり、日常との確かな隔絶を読者に印象づけている。さらに、主人公〈わたし〉の、〈四年間勤めた貿易会社〉を〈陳腐な三角関係のもつれ〉から、〈再就職のあてもないまま退職し〉、〈うんざりする現実から離れ、のんびり暮らしたい〉という設定が、いっそう現実遊離の感覚を強めているのである。この現実遊離の感覚が、「バルセロナの夜」の核ともいえるのだ。

〈数日たった雨の日〉、〈わたし〉は〈図書館〉で〈彼〉と出会い、そこで〈彼〉に〈きらきら光るガラス〉でできている〈猫の形をしたペーパーウェイト〉を託される。〈図書館〉で見ず知らずの男から〈猫の形をしたペーパーウェイト〉を託されるなどということは、現実にはほとんどありえないことである。このありえない現実を読者に受け入れさせるのは、〈わたし〉自身の〈「何から何まで、雲をつかむような話ね。」〉という感想に他ならない。およそありえない〈彼〉の非現実的な行為は、〈わたし〉自身の現実的な感想により、現実とコンタクトするのである。最終的に〈わたし〉は、〈彼〉の願いを聞き入れ、〈半年後〉の再会を約すのである。

やがて、〈猫の形をしたペーパーウェイト〉を託した〈彼〉は、〈書架の奥に消え〉ていく。この〈書架の奥に消え〉るという表現は、〝図書館を後にした〟、〝図書館から出て行った〟といった表現と比べれば、曖昧な表現であるといわざるをえない。この曖昧な表現は、〈半年後〉に〈わたし〉が〈彼〉に再会し、そして〈彼〉が去る場面にも用いられている。いずれの場合においても、〈彼〉はあくまでも〝図書館から消えた〟のではなく、〈書架の奥に〉〈消えていった〉とされているのである。つまり、〈彼〉は〈図書館〉から出て行ったのか、あるいは、まだ〈図書館〉のなかにとどまっているのかがはっきり示されていないのである。〈彼〉は一所不在なのである。つまり、現実と非現実のあわいに〈彼〉の存在をフェードアウトさせているということになるのだ。

〈猫の形をしたペーパーウェイト〉を〈彼〉から託された〈わたし〉の現実は、〈ペーパーウェイト〉の〈光〉を凝視する。すると、〈光〉の中に、〈わずかの時間あっただけ〉の〈彼〉の姿が、そして、〈彼の後ろ〉に〈図書館の司書〉の姿が見えてくるのである。にわかに信じがたいこの光景は、〈リアルな夢をみているよう〉だったというのである。ここに〈わたし〉の現実遊離は完成する。そこで、〈突然わたしは、小説が書きたく〉なり、〈彼と彼女の間にある物語を、書き付けた〉のであった。それが、作中の小説〈『バルセロナの夜』〉である。それは、〈スペイン語の教師〉が、〈生まれつき自閉症気味〉の女性〈司書〉と知り合い、二人は恋に落ちるという話で、〈彼女が言葉を増やしていくにつれ、彼の脳に発生した悪性の腫瘍が大きく〉なり、〈彼の死によって、二人の恋が終わる〉という悲劇的結末を迎えることにより終息する話である。〈彼と彼女の間にある物語〉を〈わたし〉が書いたのだとすれば、〈彼の死〉とあることから、〈彼〉の存在は、実在のものではないということになる。しかし、〈わたし〉は、現実に〈猫の形をしたペーパーウェイト〉を託されているのである。こうした矛盾を放置することが、この作品の幻想的雰囲気を醸成しているのだ。半年後に〈彼〉と再会した〈わたし〉は、〈彼〉に、〈あなたはスペイン語の先生で、ここの司書が、失語症の彼女なんでしょ?〉と尋ねるが、〈彼〉は、〈君の小説の中に書いてあるよ〉といって、〈書架の奥に、消えて〉いってしまうのである。〈彼がいなくる〉と〈図書館にはわたしと、司書だけが残った〉のである。〈いなくなる〉という表現も、表現としての曖昧さが払拭しえない。〈いなくなる〉とは、そこに存在していたものが、〈なくなる〉ということで、〝消える〟と同義である。つまり、〈いなくなる〉瞬間を〈わたし〉はとらえていないのである。確かな現実としてそこに立ち現れるのは、〈わたしと、司書だけが残った〉という事実だけなのである。〈司書〉は、〈『バルセロナの夜』〉を手にしながら、〈どこかに、生きているんだわ〉とつぶやいた。〈司書〉にとっての〈彼〉の実在性はにわかに高まりを見せるが、〈彼〉は〈書架の奥に、消えていった〉のであり、もうそこには〝いない〟のである。そして、〈わたし〉は独り言のように、〈愛している気持ちはいつも変わらない……〉という言葉を残し、〈彼女を一人にするために、図書館をあとに〉する。ここで、〈わたし〉は、現実とも非現実ともつかない特異な空間である〈図書館〉から、自分の現実へ帰って行くのである。

この作品の結末部に残ったものは、〈愛している気持ちはいつも変わらない……〉という情念である。情念の永遠性が、見事に結晶しているのだ。〈貿易会社〉を〈退職〉した〈わたし〉は、社会から、ひいては現実から拘束されない自由人なのである。しかし、小川の計算は、幻想性を高めるために、〈わたし〉を完全には現実から遊離させないのである。散見される〈わたし〉の現実的判断は、読者を幻想の世界へ誘う逆説的な仕掛けともなっているのである。さらに〈彼〉の存在を現実と非現実のあわいに茫洋とさせることで、〈彼〉の一所不在の性質を読者の前に顕在化させ、〈ペーパーウェイト〉の光に魅せられた〈わたし〉が媒介となって作中の〈『バルセロナの夜』〉が成立する。〈『バルセロナの夜』〉を手にした〈司書〉は、〈彼〉は〈どこかに、生きているんだわ〉と思い、涙するのである。そこに永世不滅の情念の結晶をみることができるのである。その生死さえおぼつかない一所不在の〈彼〉が、自分の過去を〈猫の形をしたペーパーウェイト〉に凝縮し、〈わたし〉にその思いを〈『バルセロナの夜』〉によって語らせ、情念の結晶をみるといった構造は、単なる入れ子構造を超えて、謡曲における夢幻能の構造に近接しているといわざるをえない。小川が夢幻能を意識したか否かは問題ではなく、そうした構造が情念の永遠性を保つために小川にとって必然であるとするならば、小川の小説〈バルセロナの夜〉は、伝統的な日本文学のDNAをしっかりと受け継いでいるということになるのではないか。夢幻能の性質を理解すれば、小川作品の幻想性は、人間の生のほとばしりともいえる情念の結晶化の過程を現実と非現実のあわいに滲出させることで、巧妙に演出しているといえるのである。

（東洋大学附属牛久高等学校教諭）

『アンジェリーナ　佐野元春と10の短編』

――濱﨑由紀子

本作品は、長年佐野元春の音楽をこよなく愛してきた著者が彼の曲のイメージを核に紡いだ十の短編からなる。曲名に副題をそえた各編の題名は、原曲の持つ世界と接しながらも重ならない独自の輪郭を持つ物語のはじまりを予感させる。十人の主人公が語る一つ一つの恋のエピソードは切なく、儚く、救いようもなく寂しいものすらあるのに、全体としては温もりのある優しい基調に仕上がっている。それはおそらく、本作品の構成によるものであろう。創作の源泉となった曲の歌詞はすべて〈僕〉や〈俺〉から恋人の〈君〉や〈あなた〉への一方的なメッセージであるのに対し、十編の物語には、男性の主人公〈僕〉によって語られるものと女性の主人公〈わたし〉によって語られるものがちょうど半分ずつ存在し、しかもほぼ交互に登場する。つまりそれらは個々の独立した短編の集合であるにも関わらず、全体としては〈僕〉の呼びかけに〈わたし〉が応え、さらにそれに対して〈僕〉が応えるというさながら往復書簡集のようなつくりになっているのである。作者は自らが小説を書く機縁となった『アンネの日記』について次のように述べている。〈『アンネの日記』が単なる少女の日記ではなく、文学となっている点というのは、まずキティーという架空の存在に語っているところです。〉（インタヴュー（聞き手　千野帽子）「なにかがあった。いまはない。」「ユリイカ」04）。本作品も各編が原曲に強く共鳴する一方で互いに響きあうように丁寧に編まれた結果、小川作品に特有の毒は中和され、他にはあまり見られない程温かく幸福な味わいが醸し出されている。

さて、〈僕〉と〈わたし〉の物語の間にはいかなる関係が見られるのだろうか。私はここでいくつかの物語を取りあげることで、両者間に存在する緩やかな黙約を読み取っていきたい。

まず、〈僕〉が語る物語についてみてみよう。表題作「アンジェリーナ　君が忘れた靴」は、主人公の〈僕〉が地下鉄のホームのベンチでピンクのトウシューズを拾う場面からはじまる。新聞広告を見て靴を取りに来た持ち主〈アンジェリーナ〉は、〈僕〉の家にまた靴を置き忘れ翌週もやって来る。トウシューズを履いて踊ってくれと頼む〈僕〉に彼女は膝の手術のためにこの町にきたのだとうち明け、せめてもと、靴を履いて見せてくれた。そして別れ際、元気になるまで預かってほしいとその靴を〈僕〉に託し、以来二度と姿を見せなかった。

「彼女はデリケート　ベジタリアンの口紅」では、ある朝、〈僕〉の家に〈レンタルファミリー会社〉から派遣されたという〈彼女〉がやって来る。彼女の任務は依頼者のニーズに合わせ架空の家族を演じることだ。はじめの戸惑いはすぐに〈恋〉へと変わり、さらに〈惜し気もなく自分を変えてしまう〉彼女に、〈僕〉は〈不安〉を抱くようになる。夜中に忍び込んだ彼女の部屋で大量の化粧品やすり減った口紅を目にした〈僕〉は、出張に向かう彼女に〈「行くなよ」〉〈「もう君じゃない誰かになる必要なんてないよ」〉と呼びかける。

また「奇妙な日々　一番思い出したいこと」では、恋人と土曜の夜を過ごすため夕食の準備をしていた〈僕〉の家へ、突然見知らぬ中年の〈おばさん〉が訪ねてくる。彼女は、地図作成の調査のため最近空き地になった坂の上に以前何があったか教えてほしいというが、〈僕〉は思い出せない。家に上がり図々しく振舞う〈おばさん〉と、時間を大幅に過ぎても現れない恋人。その狭間で〈僕〉の苛立ちと焦りは募る一方だ。〈いつになったら僕は、あの空地に建っていたものを思い出せるのだろう。おばさんの地図の空白を、埋めることができるのだろう。〉いつのまにか、〈おばさん〉の知りたがっていたことが僕の〈一番思い出したいこと〉になってしまっている。

予期せぬものの訪れ。複数の〈僕〉が語るこれらの物語に共通するモチーフの一つは、これである。〈僕〉の〈ありふれた〉日常のなかに、あるとき突然、予期せぬ他者が入り込んでくる。〈僕〉は日常の凪を破るこの闖入者にはじめは驚きや不安や苛立ちを覚えこそすれ、次第にその存在の奇妙なあり方に惹かれ、固執するようになる。「アンジェリーナ」では〈彼女の身体の線〉の〈磨ぎ澄まされた美しさ〉に、「彼女はデリケート」では〈口紅一本で、あらゆる役柄になりきることができる〉〈彼女の唇〉に「奇妙な日々」では〈おばさん〉が知りたがっている〈空地の記憶〉に対して、というように、〈僕〉の抱く欲望は極めてフェティッシュなものである。「また明日…　金のピアス」における〈真夜中のニュース番組のエンディング〉で偶然耳にした〈声そのもの〉に対する偏愛などはその最たるものであろう。そしてそうした欲望を抱き続けるために、〈僕〉たちは予期せぬものとの出会いによって微妙にずれてしまった現実を敢えて修正しようとせず、そのままの状態で保存することにこだわる。

トウシューズは、そのまま机の上にある。あの時、彼女が巻き付けたリボンの形もそのままだ。僕はどうしてもそれをほどくことができない。彼女が残していったものを、わずかでもなくしたくないからだ。

（「アンジェリーナ　君が忘れた靴」）

一方、〈わたし〉の語る物語はどうであろうか。「誰かが君のドアを叩いている　首にかけた指輪」では、ある日ふと左足の記憶を失った主人公の〈わたし〉が〈街の真ん中〉の〈温室〉を訪れる。そこにいる〈温室管理人〉の〈わたし〉への態度は世間の人達とは異なり、親しみに満ちた誠実なものだった。〈「やあ、よく来たね」〉と彼は〈わたしの訪問をあらかじめ知っていたかのような、親しみのある微笑み〉を浮かべる。〈わたし〉はそこで暮らしはじめ、右足、右手…と次第に身体の記憶を失って行く。不安におびえる〈わたし〉に彼は〈「君がもし、身体の記憶を全部失ったとしても、僕はやっぱり、君の元を訪れる。君のドアを叩くよ」〉という。

「ナポレオンフィッシュと泳ぐ日　水のないプール」の〈わたし〉は、知らない町の水族館に立ち寄る癖がある。一通り館内をみたあとは必ず受付の人に〈「ナポレオンフィッシュはいませんか?」〉と尋ねるが、いた例がない。彼女は十八の夏から秋にかけて海辺のリゾートホテルでアルバイトをしたが、そのときに出会ったアルバイトの〈男の子〉が夏の終わりの水のないプールで次のような話をしてくれたのだった。夏が終わればプールでナポレオンフィッシュを飼うことになっている。彼らは人間にとても慣れていて人の手からゆで卵を食べるらしい、と。以後毎日〈わたし〉はプールをのぞいたが、ナポレオンフィッシュはやって来なかった。それから十二年が過ぎた今でも〈わたし〉は〈あの夜彼が話してくれたナポレオンフィッシュのことを思う〉のである。

これらの作品に登場する〈わたし〉たちは皆、何らかの喪失感や欠如の感覚を携えてどこかへと赴く。そこは図書館であったり、温室であったり、水族館であったり、ファッションビルであったりと、いずれも多くのものが収集され、分類され、秩序正しく展示される場所である。〈わたし〉はそうした場所に自分のなくしたものや足りないものを求めにいくのである。そしてそこにはきまって〈温室管理人〉や、アルバイトの男の子や、スペイン語の教師や、昔の恋人といった〈わたし〉を待つ誰かがいる。そして導いてくれる彼らとの出会いによって〈わたし〉は癒され、夢を見、物語をつくりだすことができるようになる。

〈音が言葉を導くというのは、確かにあることなのです。〉（文庫版あとがき）と著者はいう。彼女にとっては佐野の楽曲こそが言葉を紡ぎだす行為へと自らを〈導いてくれる〉至上の音であっただろう。そしてまたそれらの楽曲にとっても、この十編の物語はまさに〈予期せぬものの訪れ〉となったにに違いない。

（お茶の水女子大学大学院生）

『密やかな結晶』——その作品世界を楽しむ——

三宅義藏

　小川洋子の作品世界に入る時、ほんのわずかな間だが、かすかな違和感を覚えることがある。それは決して不快なものではない。ある時は、ぼんやりと明るくて暖かく、しかし輪郭がはっきりせず、とまどいながら手探りで前に進んでいく感じである。ある時は、手首をつかまれて、かなりの速さで引き上げられる感じである。それは作品によってさまざまなのだが、いずれにせよ、その境界線を通り抜けると、目の前にまったく新しい世界が開け、読者は昔からの馴染みの客のようにその世界に入って行き、不思議な体験を楽しむことができるのだ。『密やかな結晶』の場合、その世界は、〈記憶が消滅する島〉だった。

　時代はいつか、場所はどこか、などが読者に全く知らされないこの島では、さまざまなものが消滅し、それについての人々の記憶も消滅していく。リボンが消え、切手が消え、バラの花が消え、それらについての記憶が消えてゆく。たとえば、鳥が消滅したとき、主人公の〈わたし〉は、〈鳥という言葉の意味も、鳥に対する感情も、鳥にまつわる記憶も、とにかくすべて〉を失い、バラの花が消滅したときは、バラ園で〈どんなに、棘や葉や枝の形を見つめても、種類を説明した立て札を読んでも、もう自分がバラの花の形を思い出せない〉ことに気づくのだった。

　この島では〈消滅〉が自然現象であり、人々はそれを当たり前のこととして受け入れ、不満や不自由を感じることがなく、初めからそれが無かったかのように振る舞う。消滅のサインがあり、あるものが消滅するとわかると、人々はごく自然に自ら進んでそれを燃やし、川に流して、忘れてしまうのだ。そして、帽子が無くなったときは帽子職人は傘職人になり、同様に、フェリーの整備士は倉庫番に、美容師は助産婦になって、誰も文句を言う人はいない。

このような作品の世界に入っていきながら、少なからぬ読者は、そこに込められた寓意を探ろうとするだろう。また、小川洋子がさまざまな形で書き続ける「記憶」「消滅」の問題について、他の作品との関わりを通して解釈しようとするだろう。だが、私は『密やかな結晶』においては、寓意を明確にしようとしたり、作者の研究を通じて作品を解剖しようとしたりせず、曖昧な部分は曖昧なまま残しつつ、ひたすらこの作品世界に遊び、子供のような好奇心を持って楽しむという読み方をしたいと思っている。それではこの作品の価値を低め、稚拙に過ぎると謗られるかもしれないが、とりあえず理屈を廃し、まずはこの作品が奏でる響きに身をゆだねることが、この世界をよりよく味わい、楽しむことにつながると思えてならないのだ。

この島では、皆と同じように記憶をなくす人が正常なのだが、一部に、記憶を持ち続ける人たちがおり、その〈異端者〉は、消滅を徹底させることを任務とする秘密警察によってどこかに連れ去られてしまう。この秘密警察の〈記憶狩り〉が苛烈さを増していく中、小説家である〈わたし〉は、編集者のR氏が記憶を失わない人間であることを知り、忠実で万能な下僕であるかのような〈おじいさん〉の協力を得て、隠し部屋を作り、そこにR氏をかくまう。ユダヤ人を迫害するナチスを思わせる秘密警察。その冷酷な探索からR氏を必死に守る〈わたし〉と〈おじいさん〉。小川洋子が中学一年生のときに「アンネの日記」を読んで感銘を受けたことは有名だが、その「アンネの日記」に描かれた世界を思わせる緊迫した場面が数多く描かれ、読者を引き込んでゆく。

ただ、〈わたし〉が置かれた状況そのものは緊迫していくのだが、描かれる世界はあくまでも静かである。それは、少しずつ物が消滅していくというこの物語の性格と、小川洋子の文章によるのだろう。小川洋子はデビューしたときからその文章が高く評価されてきたが、この作品でも、〈みんな爪切りがつぶやく小さな音に耳をすませていた。それは夜の底にこのひとときを封印する、鍵音のように響いた〉〈胸の奥の底無し沼に、火の粉が一粒迷い込んできたような、微かな痛みを感じた〉などの巧みな表現が、静かで透明感のある世界を作り出し、小川洋子特有の雰囲気をかもしだしている。緊迫と静謐の奇妙なアンバランスに身を浸して楽しめるのも、『密やかな結晶』の魅力の一つだろう。

さて、主人公の〈わたし〉は小説家であり、編集者のR氏の助言を受けながら小説を書いているのだが、その小説が本来の小説の中に示される。つまり、『密やかな結晶』は、記憶が無くなる島の物語を描いた小説と、その物語の主人公である〈わたし〉の書く〈小説の中の小説〉とがからみあい、複雑で不思議な世界を作り出しているのだ。

小説の中の小説の主人公は若い女性のタイピストであり、恋人であるタイプ学校の教師のせいで声を失い、壊れたタイプライターが積み上げられた密室に閉じ込められ、好きなように扱われた後、逃げだそうという気持ちも失ってしまい、やがて恋人から見捨てられ、最後は密室にしみ込んでゆく。

本来の小説の中にこの不思議なタイピストの小説が少しずつ織り込まれ、読者は両者の関わり方をあれこれ考えながら読み進めることになる。記憶の喪失と声の喪失。タイピストが閉じ込められた密室とR氏が隠れている隠し部屋。大切なものを閉じ込める密室というものの意味。読者の頭の中にさまざまなものが立ち現れ、それらが結合したり離反したりして動き回る。二つの小説のさまざまな要素は、重なり合いながらもその重なり方は曖味で、かつ、重ならない部分もあり、はっきりしない。そこでそれを明確にすべく、両者の関係を理屈で解き明かそうとする読み方も出てくるだろうが、私は、重ならない部分や曖昧な部分はそのまま残しておいてよいのではないかと思っている。

「記憶」「喪失」「密室」「存在の消滅」などという言葉で示される物語を前にして、私達はどうしてもそこに込められた寓意を探り、作品世界を解剖して明確に示し、理解して落ち着きたいという思いに駆られてしまう。だが『密やかな結晶』の場合、そのような読み方をして仮に論理的な解釈ができ、辻褄が合ったとしても、それで納得し安心した瞬間に、この世界の味わいやおもしろみは半減してしまうのではないかと思うのだ。曖昧な部分はそのまま残し、意外な展開にもてあそばれながら不思議な物語の世界に遊んでこそ、この小説の魅力を存分に味わうことができるのだと私は思う。

作者の筆に身を任せて読んでいくと、物語の結末は、静かな迫力とでも言うべき不思議な力で読者の胸を震わせる。島の人々は、左足を失い、右腕を失い、涙がこぼれる目、それが伝う頬と消えていって、最後には声だけになってしまう。声だけになってしまった〈わたし〉とR氏との会話は透明な世界に響いて、切なくも美しい。やがて、声だけになった〈わたし〉も最後に消えてゆくのだが、ここでもやはり、消滅の意味や、その暗示するものなどは、あえて明確に読み解こうとしなくてもよいのだろうと私は思う。むしろ、R氏に我が身を置いて、虚空に消えてゆく〈わたし〉に手を伸ばし、切なく胸を震わせていたいと思うのだ。そのような読み方をすることで、不思議な体験をしたという喜びと満足感がわき上がってくる。そして、夢中になって不思議な話を聞いていた子供のころの気分を身体の感覚として思い出すことができる。『密やかな結晶』の作品世界を私はそのように味わい楽しみたいと思うのだ。

（千葉県立幕張総合高等学校教諭）

「六角形の小部屋」——密やかに続く〈独り言〉文学史——

須藤宏明

「六角形の小部屋」は〈わたし〉が〈語り小部屋〉という、独り言を言う特別な空間に出会う物語である。物語は、医科大学の事務の仕事をしている〈わたし〉がスポーツクラブのプールで、ミドリさんに出会うことから始まる。〈身体全体から漂っている圧倒的な平凡さ〉を有している〈おばさん〉であるミドリさんに興味を抱いた〈わたし〉は、ある日、ミドリさんの後を尾行する。彼女が入った所は、廃屋と化した〈社宅管理事務所〉である。この一室にミドリさんとその息子のユズルさんが作った、六枚の板で仕切られた〈語り小部屋〉という空間があった。様々な人がこの部屋に独りで入り、何事かをしゃべる。〈わたし〉はこの部屋で、今まで誰にも言わなかった過去の出来事をしゃべる。部屋を出てから〈わたし〉は、これまで抱えていた苦痛が消えるのを実感する。

以上のような梗概である。この作品の魅力は、一見、非日常に思える〈語り小部屋〉という独り言空間を設定することで、極めて日常的な〈平凡〉と〈特別〉という問題を描き出していることにある。他者不在の空間で延々としゃべり続けることは、確かに、現実ではめったにあり得ないことであるが、独り言は実に日常的な行為である。この物語では〈語り小部屋〉で独り言をしゃべることによって、一時的であるかもしれないが、それぞれが救いを得るという仕組みになっている。人為に作られた六角形の〈語り小部屋〉は非日常空間である。しかし、我々はこのような特殊な空間に入らずとも、日常的に独り言をしゃべり、そこに、ほんの少しの救いを得ているのである。「六角形の小部屋」は、このほんの少しの救いとなる独り言を、我々の問題意識に問いかけている。〈わたし〉は最初に〈語り小部屋〉に入った時、〈やっぱり、誰も聞いている人はいないのですね。〉〈つまりこれは独り言のようなものなのでしょうか。他人の目を気にせず、自分の好きなスタイルで、思う存分独り言をつぶやくことのできる箱。そう考えるといくらか納得がいきます。〉〈狭ければ狭いほど自分の声がはっきり聞こえ、心のありようまでが確かに浮かび上がってくるような気分になれるはずです。独り言の快感です。〉としゃべる。しゃべり終えた〈わたし〉は〈語り小部屋から出る時、空気の質が一瞬のうちに変わるのを感じた。それまでわたしを包んでいた膜が急速に乾燥し、ぽろぽろとはがれ落ちてゆくようだった。〉という感慨を持つ。〈変わる〉とある以上、変化がある。この変化が救いに繋がる。問題は〈わたしを包んでいた膜〉とは何かということであり、何故それが〈はがれ落ちてゆく〉のかということである。〈膜〉とは、言葉によって呪縛されていた意識の一つであるのだろう。喜怒哀楽すべてを対象とした一つ一つ現実の体験を自身の意識の中で納得させるために、言葉によって一つの体験を自己論理化、或いは身勝手な自己整理化して、体験が意識化され〈膜〉となる。体験を言語で虚構化することによって、意識の中では実体化され、自己の意識に張り付くのである。きっかけは自己納得させるために行われた行為なのだが、言葉によって変容させられ〈膜〉となった意識に張り付いた体験は、納得とは逆作用して、今度は自己を苦しめるのである。その苦しみを、いかに取り除くのか。それは、〈膜〉としてしまった行為を、全く正反対におこなうしかない。つまり、再度、言語化して、意識の外に体験をさらすしかないということである。この逆行為が具体化されたのが、〈語り小部屋〉で独り言をしゃべるという現象である。

このようにして、〈語り小部屋〉に入った人は、この部屋でしゃべることによって、救われると考えてよい。

独り言という行為と、独り言が有する機能によって救われているのである。

〈わたし〉という〈語り小部屋〉の享受者側にとって、この部屋で語るという意味は以上のようなものであるが、作った側の人間であるユズルさんからは、どのような意味付けがなされているのか。ユズルさんは、〈わたし〉に〈あそこに入ると誰でも、思った以上に体力を消耗するんだ。〉〈あそこにこもるのは、君が思っている以上に重労働なんだよ〉と説明している。事実〈わたし〉は、部屋を出たすぐ後の状態を〈確かに、得体の知れない疲労感が残っていた。たくさんの言葉を吐き出して胸が空っぽになったというよりは、自分の言葉たちが溶け出した語り小部屋の静寂を吸い込んで、胸の中が濃密になったような気分だった。〉と述べている。この〈疲労感〉とは、どのようなものなのか。それは〈濃密〉にある。独り言をしゃべって〈膜〉をはがすという行為は、体験を無にして〈空っぽ〉にしてしまうことではないのである。

〈膜〉をはがすことによって、今度は、新たな〈静寂〉という無言語の時間を意識の中に取り込むのである。この〈静寂〉は無言語であるから、言葉で説明できるはずもなく、明確に捉えることもできない。ただ、〈静寂〉であるがゆえに、私という意識だけが確かに実感できる時間の流れなのであろう。したがって、この時間と意識の流れは〈得体の知れない〉ものとなり、〈わたし〉という独り言放言者の身体を襲うである。その結果の〈重労働〉〈疲労感〉を代償に、救いを得るのであろう。

この〈濃密〉に因る〈疲労感〉も、何度か繰り返すうちに〈やがてその濃密さは血液とともに脳へ運ばれ、記憶細胞の限られた一か所に流れ着き、そこへ封じ込められるのだということが分かった〉と〈わたし〉は実感するようになる。無言語の〈静寂〉の体験が、自己の意識の中に〈封じ込められ〉、安定を図るのである。これが、独り言に因る救いのシステムである。

〈膜〉となって張り付き、自己を苦しめる、言語化された体験とはどのようなものなのか。それは、作中エピソードで取り上げられている三つの事件に対する〈わたし〉の意味付けに明確に示されている。三つの事件とは、亡くしたチケットが見つかったこと、手術用の手袋が飛んできたこと、見覚えの無い女人から声をかけられたこと、という小さな出来事であるが、〈わたし〉は〈取り立てて気にしなければ、どうということはない種類の出来事だった。〉と位置付ける。問題は〈取り立てて気にしなければ〉という条件付けである。「気にすれば、どうということがある出来事」になるということだ。「気にした」つまり意識化した結果が、体験の言語化に繋がるのである。その「気」を取り除くために、独り言行為が必要になるのである。自己という主体が「気」という必要悪を有している以上、独り言は欠かせぬ行為となるという、日常の些細な法則を、この作品は提示している。

村上春樹の作中人物も、中上健次の作中人物も、よく独り言を言っている。漱石作品も然りである。それぞれに、なんらかの救いを得ている場合がある。何もこれは近代に限ったことではないのだろう。記紀の時代から続いている。言葉の呪性の問題である。その中でも、「六角形の小部屋」と極めて近似する独り言のテーマを持った作品の一つに、芥川の「白」がある。罪を負い全身黒色となった「白」という名の犬は、最後の場面で、独り言を言い終えることによって、もとの白色になる。これも、独り言による救いと考えてよいだろう。ここでも、独り言に因る救いと転化、独り言の力が描かれている。〈独り言〉の文学の系譜は、確実にある。

「六角形の小部屋」は、綿々と密やかに続いている〈独り言〉文学史の中で、独り言の明確なテーマを全面に出した作品として位置付けられるだろう。劇的な救いではなく、小さな日常の救いこそ、リアルな問題なのである。

（盛岡大学助教授）

『刺繡する少女』──閉塞感覚と永遠化──山田吉郎

小川洋子の短篇集『刺繡する少女』は、「野性時代」一九九四年十一月号から翌九五年八月号まで連載された作品を収録し、一九九六年三月二十五日、角川書店から刊行された。集名となった「刺繡する少女」を巻頭に、「森の奥で燃えるもの」「美少女コンテスト」「ケーキのかけら」「図鑑」「アリア」「キリンの解剖」「ハウス・クリーニングの世界」「トランジット」「第三火曜日の発作」の十篇の短篇が収められている。

登場人物も場面設定も異なり、それぞれ独立した短篇と言いうるが、しかしながら、十篇を通して読了するとき、ある種の底流する共通のモチーフといったものが形成され、明滅しているのを感じる。それは閉塞感覚とも言えるような微妙なものなのだが、その一つの手がかりとなるものとして、収録作品における状況設定の特異性をあげてもよいであろうか。試みに、二番目に配置された「森の奥で燃えるもの」を見てみよう。

これは村上春樹の小説を思わせる不可思議な場が設定されている作品である。〈僕〉は〈収容所〉へとやってきた人間なのだが、この収容所では収容者は皆、耳の奥の〈ぜんまい腺〉を引き抜かれてしまう。これは現実との平衡感覚を失うことを意味する一種の喩とも思われる設定だが、結局この収容所が何ものなのかは不明のままである。ただ、ある種の人生の行き着いた先に見えてくる場、もっと言えば、人生の行き止まりにある収容所といったものなのである。

〈僕〉が収容所で知り合いになったおじいさんは、「長い旅をして、ようやくここへたどり着いたことを忘れちゃいけない。（略）遠い場所の記憶に邪魔されては、ここでは暮らしてゆけない」と言う。また、この収容所で働く〈彼女〉から、時に関わる情報をつかさどるぜんまい腺を引き抜かれることにより「永遠に続く一瞬を手に入れた」と告げられる。それまでの人生の記憶を取り除いてまでして得られる行き止まりの場、そこでの無為の営み。作品の末尾で〈彼女〉の耳のぜんまい腺を抜こうとするところになおその「場」に安住できぬ波立ちの心理がうかがわれるが、それはしかし一度砕けた心の断片の閃きによるものではあろう。

短篇集『刺繍する少女』の諸篇には、そうした一種の行き止まりの場において紡ぎ出される物語が多い。「ケーキのかけら」の仮構の王女さま、「図鑑」の自らの眼球を抜き出す女、「アリア」のたった一人の観客を相手にアリアをうたう老女、「第三火曜日の発作」のありったけの年表を使って仮構の体験記を書きつづける喘息の女などが特徴的である。そうした一見無為とも思われる営みを対象化しようとする作家の視線がそこにはある。そして、こうしたある種の行き止まりの場にある歪んだ生のあり方は『貴婦人Aの蘇生』（刺繍する老女が出てくる）や『博士の愛した数式』に至るまで、小川洋子の文学モチーフとして底流しているものでもある。

さて、この短篇集の表題ともなった巻頭の「刺繍する少女」は、母の入所したホスピスにあって語り手の〈僕〉がかつての高原の記憶を紡ぎ直す話だが、そこで再会した女性はかつての日々を現在まで引き延ばしたごとく、刺繍をつづける日々を送るだけである。語り手の〈僕〉には〈眠りを覚まされた記憶の小人〉の情意の波立ちがあるが、かつての〈刺繍する少女〉は今も変わらぬ静謐のなかに刺繍のいとなみをつづけるだけである。その意味でこの〈僕〉と彼女との間においては、お互いに相手へ向けての心理に相当なずれがある。

〈僕〉は再会した彼女に明らかに恋愛感情を揺り起こされ、彼女がつづけているベッドカバーの刺繍が完成を迎える頃には何とも胸苦しい気持ちになっている。母が死んだ後も、刺繍が完成し姿を消した彼女を捜してホスピス内をさまよっている。情意の波動があらわである。それに対し、刺繍する彼女の周りには静謐がただよう。彼女は「喘息《ぜんそく》が治らなくて、いまだに就職もせず、結婚もせず、家に引きこもっているの。ここでのボランティアが唯一の社会参加なの」と語っており、社会の片隅でのひっそりとした単調な日常が想像される。そして、作品の終わりに近く、〈僕〉が今の刺繍が完成したらどうするのかと訊ねたのに対し、こともなげにまた別荘へ戻り、刺繍をつづけるだけだという。それだけに、「刺繍をするのよ。決まってるわ。他に何をするっていうの」という彼女の、ある意味では毅然とした言葉は印象的である。考えてみれば、彼女がつづけている刺繍そのものは生計につながるものではなく、その意味では非生産的な行為である。しかも彼女はその行為だけをひたすらにつづけて日を送っているのである。何が彼女を刺繍へと向かわせているのであろうか。

「(刺繍が) おもしろいかどうかは、よく分らない。一人ぼっちになりたい時、これをやるの。自分の指だけを見るの。小さな小さな針の先だけに自分を閉じ込めるの。そうしたら急に、自由になれた気分がするわ」、作中で彼女はこう述懐している。一見閉塞的な行いに見える刺繍が実は自らの心を解き放つものであることが語られている。そして、その刺繍する彼女の周りには、先ほども述べたように静謐がただよい、また或る侵されがたい安定がもたらされている。その領域の中で、彼女はみじんも破綻のない静かな表情をたたえている。

そうした彼女の生のあり方の基底に喘息の病いにもとづくであろうある種の断念があることは容易に想像されるが、そのことはしかし、一般的な世俗の価値観とは隔たった澄んだまなざしを彼女に与えているようである。かつて別荘で、死んだ愛猫を地中深く少年の〈僕〉の手で埋めてもらい、「地面の奥の方で、ちゃんと腐らなきゃ、ピムがかわいそう」とつぶやきながら、彼女は涙も見せずにかぶせた土を足でしっかりと踏んでいた。

さらに現在のホスピスの風景を見つめ、彼女は「死に塗り込められてなんかいないわ。ここは通り道なのよ。あちらへ行く人と、こちらへ戻って来る人のね」と語る。感傷を排除した透徹したまなざしが、刺繍する彼女の領域には備わっている。世間的な意味ではおそらく存在感の稀薄な人物であるはずの彼女の輪郭は、自らの指先を見つめ刺繍をつづける構図として静謐かつきわやかな描線をもって縁どられ、われわれが感情の波立ちや感傷によって見失いがちな生と死の本質をおのずからに指し示している。

したがって、こうした刺繍する彼女と〈僕〉の間に関係性の発展はない。彼女はまた会いたいとも言わないし、情動の高まりも見せない。いや、感情のさわだちはあったのかもしれないが、彼女の感情の抑制は完璧なまでになされている。実際、彼女はベッドカバーの刺繍を終えると〈僕〉にも告げることなくホスピスを立ち去り、高原の別荘へと帰っていったのであろう。物語を時間的な展開の中に描くのではなく、静物画に似た静止的な表象のデッサンによって、読了後に刺繍する少女の肖像がきわやかに浮かび上がる構造をなしている。世間的に見れば孤独な人生を送っているように見える彼女の、永続する抑制された内面を鮮明に映し出している作品である。

角川文庫版『刺繍する少女』の「解説」で飯島耕一は、収録された十篇はどれも〈残酷物語〉であると述べているが、「刺繍する少女」の一篇においても、主人公の彼女の生はある意味で閉塞された行き止まりの場に営まれている。変わりようもないし、変えようともしない。ただ刺繍をつづける営みが未来の時間へと永遠に引き延ばされている中で生きているのである。それは、「森の奥で燃えるもの」の青年や「ケーキのかけら」の王女さま、「アリア」の老女、「第三火曜日の発作」の女の生のあり方にもあてはまる。そして、それが実は、一見悲劇に見えながら、人間存在を永遠化する方途の一つであることを作者はひそかに伝えようとしているのかもしれない。

（鶴見大学短期大学部教授）

『ホテル・アイリス』——一粒の試薬——東雲かやの

初老の翻訳家が放つ〈命令〉の声が、一瞬で少女の心を捉える。その声は〈チェロかホルンか、そんな楽器が一瞬だけ鳴ったような錯覚〉を彼女に起こさせ、〈「ばいた」という言葉さえいとしいものに感じ〉させる。そんな〈美しい響きを持つ命令〉を、彼女は聞いたことがなかった——。『ホテル・アイリス』は、そんな〈命令〉の声から開かれる。〈わたし〉＝マリにとって、それは〈混乱した空気の中を突き抜ける一筋の光線〉。恐怖を感じつつも、〈心の奥では彼が下す命令をもう一度聞きたいと願〉う。彼女の欲望の対象は、男の肉体ではなく、〈命令〉の声であった。その声に導かれ、作品中に展開されてゆくのは「ＳＭ愛」である。しかし私は、刊行の際付けられた帯のように、〈「ＳＭ愛」を描いた衝撃の問題作！〉と本作品をまとめる気にはなれない。ここでの「ＳＭ愛」は表現される対象そのものではなく、何かを表現するまでの過程に置かれた、一つの装置であるように感じられるからだ。

作者である小川洋子は、「ユリイカ　詩と評論」の特集号（04・2）のインタビューにおいて、次のように述べている。

人間と人間の関係を描こうとするとき、それさえ見つかれば書き出せるというなにか試薬めいたものが一粒いるんです。それはたとえば……『ホテル・アイリス』の翻訳家であればＳＭ的な性愛であったりするわけです。

――《一粒の試薬》としての「SM愛」。さきほど私は装置という言葉を用いたが、確かに「ホテル・アイリス」おいてフィーチャーされるべきは、紐できつく縛られた少女の歪む顔でも、そこから溢れ出す快楽でもない。注目すべきなのは、そのような在り方を求めずにはいられなかった、〈わたし〉＝マリの在り方なのではないだろうか。そこで見逃すことができないのが母親の存在である。小川作品には、「凍りついた香り」や「バックストローク」など、母の過剰な愛情の物語を描いたものがいくつか見られる。私はこの「ホテル・アイリス」から〈「SM愛」を描いた衝撃の問題作！〉というレッテルをいったん引き剥がし、母子間の愛情＝束縛の物語の系譜の中で作品を考えてみたいと思う。

マリは、母の束縛下に置かれる少女である。その束縛は、毎朝の髪結いに象徴されている。〈頭の皮がゴリゴリ音をたてるほどにブラシを動か〉し、〈一本の乱れも許さない〉母の〈支配〉下で、マリは〈すべての自由を失ってしまう〉のだ。マリと翻訳家との逢引は常に、そのような母の目を盗み、欺いて行われる。しかしその束縛からの逃走の果てにあるものは自由であって自由ではなく、また別の束縛であると言える。母の支配／翻訳家の支配という構図は、作品世界において重要なファクターだ。母の支配下から翻訳家の支配下へのその移行が、〈ホテル・アイリス〉から〈F島〉への空間移動によって意図的にスイッチされていることは明白である。しかし、被支配的状況から別の被支配的状況へと移行することにはどのような意味があるだろうか。――飛躍を恐れずに言うならば、マリは、他者の支配＝束縛なしには存在できない少女なのだ。彼女自身が、支配を、束縛を求めている。だからこそささやきではなく、〈命令〉を求める。それは、自分の存在を感じ取るため。何かを強いられることによってあぶり出される自分の輪郭を、ひたすら求めているのだ。マゾヒスティックな欲望は決して性的嗜好の中だけで開花したものではなく、他者の支配の下に自らの存在価値を見出そうとする、彼女の切実な在り方を支えるものであると考えられる。そのように作品を眺め直してみると、〈命令〉の声への欲望が、彼女自身の存在欲と密接に関わっていることがわかる。彼女は、紐で縛り上げられ肉体の自由を奪われることを通じて自分の肉体の存在を実感し、唇と舌と指に触れられることによって、〈自分に肩甲骨や、こめかみや、くるぶしや、耳たぶや、肛門があることをはじめて感じ〉ることができる。時に彼女は人間以外のさまざまなものにも変化した。彼女の輪郭は、翻訳家の肉体を通して獲得される。〈その過程は、〈輪郭が崩れてゆく〉翻訳家と、好対照を成している。〉そこでは官能を駆り立てる〈襞の奥の暗闇〉への愛撫も、一種の比喩として機能する。

繰り返すが、そこで忘れてはならないのが、そうした「SM愛」の快楽を裏側で支える、母の存在である。〈あなたのかわいいマリは、人間の一番醜い姿をさらしてきたの。〉とマリが繰り返し心の中でつぶやくように、翻訳家との行為が少女にとって刺激的である所以は、母に対する裏切りの感にある。――そこで、こういう逆説が成り立つ。マリが翻訳家に見せたマゾヒスティックな欲望は、母に対してのサディスティックな反抗的欲望の表れだったのだと。肉体的に翻訳家と交われば交わるほど、彼女の精神は母のもとへ戻ろうとしていたのだと。

しかしその快楽をめぐるゲームは、嵐の夜に翻訳家がマリの髪を切り落としてしまうことで、突然の結末を迎えてしまう。翌朝、警察が彼女を見つけ出さなくても、翻訳が死ななくても、多分この物語は閉じてしまっていただろう。母とマリとの支配／被支配関係をつないでいた髪を切り落としてしまったことで、翻訳家は自らの存在意義をも無効化してしまったのだから。

〈ホテル・アイリス〉と〈F島〉との空間移動についてはさきほども触れたが、本作品のみならず、小川作品においては意図的な場所=空間の設定が物語の構造そのものとなることが多い。主人公たちは日常的空間にありながら、閉ざされた非日常的空間（たとえば標本室、ガラス瓶、六角形の小部屋）に心を奪われる。そしてその空間に引き寄せられ、呑み込まれる。彼岸へ渡った登場人物たちをめぐる物語は、〈いまはない〉ものとして身をひそめる。〈洞窟〉の奥にひっそりと刻まれたそれらの〈失われてしまった物語〉を小川が解読し、読者に提示する――。〈洞窟〉の比喩は小川自身のものだが（前掲書・インタビュー）、言い得て妙である。

マリもまた〈F島〉という閉ざされた空間に魅了された一人であるわけだが、他作品（たとえば「薬指の標本」や「匂いの収集」など）と大きく違う点は、あちら側の世界=彼岸から、此岸へと引き戻されるという結末であろう。主人公を彼岸に吸い込ませてしまうという、小川作品の特色でもある一種の残酷さ（『密やかな結晶』では主人公の肉体をも奪った）はここでは姿を見せず、マリは〈捜索願い〉、〈警察〉といういたって現実的な機構によってこちら側へと引き戻されてゆく。事情聴取、精神科医、カウンセラーまで登場するラストに、それまでのおとぎ話的作品世界はガラガラと崩されてゆき、最終的には、母の束縛への回収という結末が彼女を待ち構えるという構造になっている。しかし、その回収自体は、マリにとって苦しみではなかったはずだ。母の束縛は、彼女の輪郭を支える大事な基盤なのだから。――本当の残酷さは、むしろその後じわじわと少女ににじり寄る。母とマリとの関係をつないでいた髪。翻訳家が切り落としてしまった長い髪。十ヶ月以上かかって、ようやく元の長さには戻ったが、〈母はもうそれを結おうとはしなかった〉という。母も、男も、少女の存在を支えてくれるものはもう何一つない。彼岸と此岸の間の海に沈んだ男のように、彼女もまた帰る場所を失ってしまったのだ。少女にとってそれがどれだけ残酷なことであったかは、想像に難くないだろう。（関東国際高等学校教諭）

『やさしい訴え』──言葉のない感情──

上田　薫

音楽というものはどんな内面世界も等しく満たしてゆく力を持っている。概念による差別から自由なこの波動は、問題の是非を少しも問わないからだ。ただ、沈黙する魂がありさえすればよいのである。どうして泣いているのか、なぜ俯いているのか、何を考えているのか音楽は尋ねたりしない。ただ、音の波にふるえる情緒がそこにあるだけでよいのだ。波がやってくると、沈黙は一つの想念に変わる。思想のない想念に。そうだ、音楽は私たちの抱えた問題を解くのではなく、問題をそのまま展開してしまうのである。そして、私たちの心を満たす波動は、私たちの情緒そのものを変えてしまうのである。

主人公の瑠璃子は結婚十五年目のある日家を出る。眼科医の夫には愛人がいて、暴力をふるわれたこともあった。人の情は季節のように知らぬ間に移りゆき、今では枯野のような寂寥と所在無さしか残っていない。言葉を交わせば、その寂寥が憎しみに変わるだけだ。どうしてだろうか。夫婦のあいだにあるはずの思い遣りがそこに感じられないからだ。なぜ優しさの欠片もないのか、と……そして、憎しみがこみ上げてくる。退屈や寂しさはそれだけで相手の存在を否定するに充分である。思い遣る気持ちを欠いたどんな言葉も暗黙の争いを用意する。言葉というものは、感情の支えがなければ直ぐに人を傷つける武器になってしまう。だから、議論が人間の理解を深めるなどと言うことの半分は嘘である。人と人の理解は双方が持ち寄る思い遣りの感情が生み出すものなのだ。

新田と薫は瑠璃子が訪れた別荘の近くでチェンバロの製作をしている。新田はピアニストを目指していたが病のために演奏家の道を諦めてチェンバロ作者になった。長い逡巡の時を経て、今では妻とも離婚し一人で暮らしている。薫は婚約者の自殺という心の傷を忘れるために半年前から新田にチェンバロ製作を学んでいる。この二人にはチェンバロと音楽を通しておのずから深い絆が生まれていたが、そこに、瑠璃子が現れるという設定である。それぞれの過去を抱えた三人の出会いを描くこのストーリーが自然だとか不自然だとか言っても始まらない。一読すればこの作品が作家の力量を充分に表していることは明らかである。ただこういう作品は批評家の受けが悪い。なぜなら、これもまた、確かに無数の恋愛小説の一つでしかないとも言えるからである。離婚、アヴァンチュール、女の自立。言ってみればそれだけのことだ。どこにでもある、何も付け足すべきことのない出来事を前に、批評家は何を言えば良いのだろうか。その通り、それはそのようなものであり、際立って美しくも悲しくもない感情が推移する。小川はそれらの凡庸な感情をラモーの曲に託し、言葉のない音楽に解釈を委ねている。そこには音楽というものへの小川の鋭い感覚が働いているのであるが、それが作家として逃げなのかどうなのか分からないし、また一読者としての私にはそれはどうでもよいことだ。いずれにしてもジャン・フィリップ・ラモーのチェンバロ曲から取った「やさしい訴え」という題名が、私に一つの想念をはっきりと示してくれたことは確かであり、そのほうが重要である。

若い頃からJ・S・バッハの曲をグールドの演奏で聴くのが好きだったが、ラモーの曲は聴いたことがなかった。一般にバロック音楽は自由な旋律に慣れた現代人にとって余りにも様式的で装飾されすぎているように感じられる。確かに、バロック音楽はみな一定の様式に従っていて、ベートーベンやショパンの曲のような強烈な個性を感じにくいが、そう感じるのは曲を繰り返し聴かないからでもある。これは別の時代の感情と感覚を表す音楽なのだ。バッハの曲もそうだが耳が慣れていないために、一度聴いただけではみな同じ曲に聞こえてしまうのである。しかし、何度か聴いているうちに、曲の旋律をはっきりと辿れるようになってくる。もし、人が一度この壁を越えてしまえば、近・現代人の描く人間の感情よりももっと深くて確信に満ちた愛しかたや生き方がそこに描かれていることに気付くだろう。

ラモーのクラブサン組曲が、いつから「やさしい訴え」(= LES TENDRES PLAINTES) と呼ばれるようになったのか知らないが、このタイトルはまさにその曲想にぴったりの題である。だが、それははたして誰の「やさしい訴え」なのか、瑠璃子のだろうか、それとも薫のか。しかし、瑠璃子の愛し方は強引でヒステリックであり、彼女は「やさしい訴え」をただ傍らで聴くことしかできない。「やさしい訴え」はいつも薫が弾いていた。そして、新田は瑠璃子のためには決して「やさしい訴え」を弾かなかった。瑠璃子は新田と関係を結ぶことはできたが、「やさしい訴え」を囁きあうことはできなかったのである。そのように恐らく作者は二つの愛し方を描き分けようとしたのであろう。

バロック音楽は定型の様式を無視して感情を表現することはない。それが私たちには馴染みの薄い表現なのだ。私たちは、瑠璃子のように、ダイレクトに感情を表し、自分の要求を突きつける。瑠璃子は新田に言う「わたしのためだけにチェンバロを弾いてほしい」と。そして、瑠璃子は新田を手に入れたのであるが。彼女には薫のようにやさしく訴えることはできなかったのである。この感情表現とバロック音楽の表現法とは非常によく呼応しており、この視点から眺めると、新田や薫の性格や人物の輪郭が余り良く描かれていないように思われるのは、読者の方が瑠璃子のような感情表現しか理解できなくなっているという事情もあるだろう。性格が良く描かれているか描かれていないかということを、現代的な感覚でのみ眺めれば、新田という男の性格も単にネガティブにしか理解できなくなる。なぜ、好きでもないのに瑠璃子を抱いたのかと、読者は問い詰めることもできる。しかし、ここでもセックスとか、刹那の感情といったものを、即座に何らかの価値と結びつける思考のリズムを変えてしまえば、無表情な新田という男を律するリズムが不自然でも何でもなくなる。生と言うものは本来もっと緩慢で曖昧に推移するものだ。瑠璃子の夫が選んだ新しい生活にしても、夫と別れてカリグラファーとして自立しようとしている瑠璃子の生活にしても、それ自体はドラマチックでも何でもない表情の乏しい生活である。瑠璃子が翻訳していた霊媒師の生涯のように、無数の出来事に彩られた人生など稀である。しかし、劇的な人生が必ずしも生として充実していたとも言えまい。

二十代のある時期、私は先ず私小説が読めなくなり、歌も聴けなくなって、クラシックばかり聴いていたことがあった。その頃の私は意味づけされたあらゆる感情を呪っていた。私はただどうしようもない感情が感情であることを認めたいと思っていた。感情を意味に還元することは感情に対する冒涜だと思われたのだ。感情は決して意味や価値を持ってはいない。それは単なる存在であって、是非を論じることではない。良かろうが、悪かろうが、好かれようが、憎まれようがその感情は存在する。そういう、受け止め方を許すものは音楽しかなかったのである。音楽は決して人を断罪しない。なぜなら音楽は意味に触れないからである。薫の新田への想いがどれ程のものか「やさしい訴え」は問い詰めたりしない。チェンバロの均一な音はただ和音と旋律とによって、存在と持続を証明して行くだけなのだ。チェンバロを弾く薫は一音も変えることなくラモーの残した旋律を辿ってゆく。それがどうして自分の心を表すことになるのか薫は考えないだろう。そして、最後の音を弾き終った後の余韻が、自分自身の心に訴えかけているのかそれとも愛する者に訴えかけているのか自分でも分からない、そうした感情を小川は描いて見せたのだと私は思っている。

（日本大学助教授）

『凍りついた香り』——山口政幸

ひょっとしてこのルーキーという少年は、ペ・ヨンジュンのような感じだったのかもしれない。そんな気がしてならない。実際高校生のときのルーキーには、選ばれた人が持つ特別なきらめきがあった。〈天からの光が、その人だけを目掛けて一筋に差し込んでくるような。ああ、自分もそこへ近寄って、その温もりを浴びてみたいと人に思わせるような……。〉と。ほとんど神の子といっていい。ルーキーが好かれるのは、まずもって「女」であろう。肉親である弟を抜かして、上司から恋人から、高校時代の仲間から、すべて彼の回りにいたのは「女性」である。勿論その母親も含めて——。十六歳のとき彼と出会った杉本史子は、ルーキーの魅力を〈光〉や〈温もり〉として語るが、それは本当に「異性」をこえたレベルで、そうなのか。むしろルーキーが数学に打ち込んだのも、それをやめたのも、調香師になって世の中から一種隔絶したような生活を送ったのも、そして最後に不可解ともいえる自殺を遂げてしまったのも、結局のところ彼の回りにいた「女」たちのせいではなかったか。最後に彼が盲学校の住み込みを七年間つづけていたことが明かされるのだが、そのときはじめて寮長の口から、子どもたちからも職員からも〈皆から慕われていた〉様子が語られていく。そして彼は〈新しい勉強を始めたいから〉ここを出て行った、という。自殺した恋人の過去をめぐるヒロインの旅は、二十六歳で新たに旅立とうとした若者の出発を確認したところで、このように不意に終わるのである。

〈私〉に何が残っただろうか。文字どおりその〈凍りついた香り〉は、〈私〉の懸命ともいえない執着によって、溶け出し、生き生きとしたかつての芳香を漂うまでになったのだろうか。

「香りはいつだって、過去の中だけにあるものなんだ」

知り合って初めてのデートのとき、いみじくもルーキーとかつて呼ばれていた弘之はこのように言う。調香師という職業につくものの特別な能力をいくつか教えながら、彼は香りというものが、本質的に「記憶」としか結びつかない事実をさりげなく彼女に伝えた。それは一体何のためか。やがて自らが自身の手で果てたあと、涼子にルーキーとしての過去や記憶をたどらせるためにか。そうだとすれば、それはずいぶん残酷なことではないだろうか。

ルーキーの過去はチェコのプラハにあった。十六歳のとき、杉本史子と参加した世界の高校生による数学のコンテスト。ここでも受験数学にしばられた他の日本代表の高校生たちとは異なり、弘之は抜群の出来を示した。彼の活躍によって、目標の順位到達も夢ではないと思えたとき、事件は起った。

数学コンテスト財団ヨーロッパ支部となったベルトラムカ荘での二日目の昼休み、突然ハンガリーの選手がコーヒーに毒物が入れられていると騒ぎ出したのだ。ハンガリー人の男の子はそのまま病院に運ばれる。コーヒーカップからは、微量な食器用洗剤が検出された。調理をするおばさんがきちんと洗わなかった、〈それだけのことだし、それ以外の何事でもない〉と考えられたのだが、事件の翌日、弘之が自分がコーヒーに洗剤を入れたのだと、団長に〈告白〉をする。そのため彼は棄権となり、慌しく帰国してしまう。

そんなことは、とても信じられなかった。と当時の参加者だった杉本史子は、〈私〉にむかって語っていく。もう遠い遠い昔のことだ。杉本は初恋のような口づけを、知り合ったばかりの弘之と交わしていたが、帰国したあとのルーキーとの連絡は、ついに取ることができなかった。〈私〉に聞くまでは、成長した弘之が調香師になっていたことも、自殺した事実も、無論知るはずもなかった。〈私〉は、ルーキーという天才的に数学を解くかつての弘之を追い求める過程で、もう一人の女の凍りついた香りに出会ってしまう。しかし、今の〈私〉には、それらは嫉妬の対象とはならない。なぜなら今の涼子にとって、〈ルーキーの過去に関わりあることなら、何でも知りたい〉という念の方がまさっているからだ。だいいちそのために彼女は、わざわざ杉本史子が住む仙台にまで、赴いてきたのだから――。

そして、涼子の旅は、プラハにまで拡大される。〈ウィーン・シュヴェヒャート空港からプラハへの乗り継ぎ便は、五時間遅れた。どうしてそんなことになるのか、誰に尋ねても本当のことは教えてくれなかった。うんざりしたように首をすくめるか、私の知らない言葉を早口で並べ立てるだけだった〉とあるように、今、この涼子という主人公を取り巻いているのは、言葉の通じない異国の状況下における、わけのわからない遅滞のときであった。そんな中で、涼子は、弘之のことを思い出す。それは何よりパートナーとして彼が担っていた〈計算する〉という〈役目〉においてであった。どんな種類であれ、とあるように、それは誰かの生年月日を西暦に直すことや、出張費の合計を出したり、ボウリングのスコアや、タクシーの釣り銭にまでと細々としたものにまで及んでいく。が、ここで彼女が思い出しているのは、実はこうした具体的な事柄ではない。彼女が真に記憶しているのは、それら計算の答えを語ろうとする彼の様子、その〈決して押しつけがましくなく、自慢げな様子はかけらもなく、むしろ申し訳なさそうでさえあった〉という弘之持ち前の控えめな態度についてである。――君が困っているように見えるから、つい口出ししてしまうんだ。もし余計なお世話だったら許してほしい。――

これが、十六歳のときのルーキーと変りのないものであるのは、杉本史子によっても証言される。彼女の目に映ったルーキーは、正解を出すたびに、やはり〈あんなに申し訳なさそうにする人〉と映っていた。それでは、どうしてそのような人間に、他の外国の選手を、あのような卑劣な手段でおとし入れるような真似ができたのだろうか。

二人の女が考えるのは、当然ルーキーは無実だということである。当時高校生だった杉本史子には、それを証明することはできなかった。しかし、わずか一年間だったにせよ、義弟である彰からすでに〈姉さん〉と呼ばれるようになっている〈私〉にとって、それは現地であるプラハに赴いたとしても、確かめる必要のある事柄だったに違いない。

〈私〉は、こうして真相を摑む。

滞在していたホテルの女主人によって、〈私〉はコンサートの券を渡される。場所はかつての数学コンテストがあった、あのベルトラムカ荘の大広間だった。〈私〉は現地で雇ったガイドとともにそこに行く。そして〈私〉は偶然十五年ほど前に、同じように食事の世話をしたという老婆に出会う。彼女こそ、コーヒーカップの食器用洗剤をよく洗わなかったとされたまかないの「おばさん」だった。彼女ははっきりと言う。当時洗剤は高価だったので、カップはすべて水洗いですませていた。そして彼女は不審な行動をテーブルの上に置かれていたカップに施していた、ある人物を目撃していた。

弘之が自死を遂げたのち、涼子は弘之の弟の手によって、彼ら兄弟が生まれ育った家で数日を過ごすことになる。それは音大の北側に広がる住宅地に、和風の平屋と二階建ての洋館を建て増したという邸宅、庭には中ががらっぽになった温室が一つ取り残されていた。

実はルーキーがのちに発揮することになる匂いの識別は、幼い頃のここでした花の香り当てに由来する。すでに医者であった父はなく、そこには子ども時代のルーキーのとった数々のトロフィーに囲まれた、一人の孤独な魂を持った女性がいた。言うまでもなくルーキーの母親である。母親はすでにルーキーの弟の手をわずらわせなければ日常の生活が維持できないような心の病んだ状態にあった。

〈私〉があのベルトラムカ荘での一件を聞いたとき脳裏に浮かんだ犯人の姿が、この母親だったわけでは決してない。しかし、結果的に、犯人はこの母親だった。それは先の老婆の目撃によって明らかにされる。

老婆は戻ってきたとき、台所にいた部外者を発見する。老婆が声を出すと、その女は振り向いて、走り去って行った。老婆が声を出したのは、不審者がいたためではない。鮮やかな黄色の袖なしワンピースの背中のボタンが二つ、はまっていなかった。老婆はそれを教えようと声を上げたのだ。

そして、そこにこそ周到な悪意も存したのだ。なぜならこの黄色のワンピースは、弘之の母がわざわざ歓迎パーティが開かれた際に杉本史子に貸し与えたものだからだ。それも故意に背中のボタンを二つ外したままで、パーティの間中、杉本史子に着せていたものなのだ。十七歳の多感な史子は〈お母さまが意地悪されたのだ〉と思い込んでしまう。史子は、しかし、弘之の母親に、もっと底知れぬ悪意があったことに、気づいていない。

おそらく、今は介助の手を必要とするほど衰えた母親には、深い精神の病が存したのであろう。あるいは、これが息子を溺愛してしまう母親の所業というものなのだろうか。弘之の母のした行為は、ハンガリー人の男の子を出場できないようにすることよりも、こうした卑劣な行動をとった犯人を、特定化させようとするたくらみにほかならない。すなわち、彼女の目的としたのは、数学の国際コンクールでの弘之の成果のために、邪魔ものを排除しようとしたことよりも、自分の最愛の息子に近づこうとした同級生の魅力ある女の子を、立ち上れないような破滅に導こうとしたことにちがいなかった。当時十六歳だった杉本史子が、パーティーが開かれている間中、ボタンが外れていることをおしえてくれなかったおばさまの〈意地悪〉さに気づきながら、その真の悪意に触れ得なかったのも無理はなく、また幸福だった。どうして知り合って間もない男の母親から、このような濡れ衣を着せられかねないような仕打ちを受けなければならないのだろうか。それも国際的な晴れの舞台で。

今、当時から見れば、倍ほどの年齢になり、正式な結婚こそしていないが、少くとも男性として成熟したルーキーを愛し始めた〈私〉には、この母によってなされた罪の重さが、じゅうぶん感じ取れる。いつも正確ばかりを求めてきた弘之が、これ以降ルーキーとなることを故意にやめ、数学をも捨ててしまうのは、明らかにこの事件がきっかけだが、彼が真にここで捨ててしまったのは、人を愛する力だったのかも知れない。それを一つの永い科《とが》のごとく負ったルーキーの隠された姿は、失った今を生きる〈私〉によって一つずつマッピングされていき、読者の心に透明な印象を光のごとく残していくのである。

（専修大学教授）

『寡黙な死骸　みだらな弔い』——弔いの共同体——

武田恵理子

『寡黙な死骸　みだらな弔い』は一九九八年に出版された短編集で、同年に発表された長編『凍りついた香り』と同じく、失うことの物語、弔いの物語である。人は死に際し、弔いによって失われたものを聖なる領域へと返し、自らは日常にかえる。残されたものにとって死は弔いを必要とするものである。本来ならばそうであるが、小川洋子が描く時、弔いは別の様相を呈する。作者もあとがきで〈十一の弔いの物語〉とよぶこの短編集は、同じ町で起ったことを描きながら、物語として全体像を結ばずに、一人一人がその場で遭遇する理不尽な思いを、理不尽なものを身に受けた非合理のままに描いていく。

弔いに対して、作者は〈みだらな〉という形容詞をつける。悼み、弔う行為は人の力を越えた死にあって人々がなす厳粛で神聖な行いであり、本来〈みだら〉とは正反対であるが、これが〈みだら〉になるのは、これらの短編の弔いのうちに、死によって絶対に失われたものをなお欲する願いの反映があるからである。この過剰な願い、欲望を、作者は〈みだら〉と名付ける。寡黙に答えぬ死に対し、残された者は乱れ、みだらになる。

最初の短編、「洋菓子屋の午後」も理不尽な死の悲しみの話である。六歳の息子が事故で冷蔵庫の中から出られず死んでしまう。幼い息子の死を十分に悼むことのできる人間はいない。母親は毎年誕生日にショートケーキを買い続ける。この話の中では、息子宛に間違い電話がかかってくることが一つの弔いとなる。彼女は他人宛の電話を息子に宛てられたかように受け答えをする。相手も高校時代の思い出を伝える。息子は事故により偶然に死んだ。理由なく偶然に死んだことが、彼女を苦しめ、本来の弔いから遠ざけている。ゆえに偶然の慰めを受けること、偶然の出来事を受け入れることは、偶然の死を本来ではないものとして受け入れる手助けになる。それは本来の聖性に死者をかえす弔いではない。この母親は息子の死を乗り越える意志は無く、そこにみだらさがあるが、弔いは偶然の出来事に同調されて、みだらではあるが一つの弔いの出来事となる。

どのような弔いが行われるのだろうか。四作目までに例をとれば、「洋菓子屋の午後」にも出てきた〈偶然の出来事〉がその一つに数えられる。「眠りの精」ではブラームスの「眠りの精」が歌われることがそうなった。偶然の一致に、死を別の方向にもっていく力があるかのようだ。また、〈不思議なこと〉に出会うことがある。〈過剰性〉もその一つであり、「果汁」での沢山のキーウイが、「トマトと満月」では沢山のトマトが、突然に理由もなくそこに現れる。しかし、それは当然であり必然なのだ。何故なら、死自体が突然にそこに表れるものだからだ。過剰であり、さらに不思議なのが「老婆J」の、菜園から人の手の形をしたニンジンがザクザクでてくる話である。その後に老婆の夫の死体が見つかるが、人間の手の形をしたニンジンが出てくる意味は合理的には思い当たらない。つまりこの不思議な出来事は、人が死んでしまうことと同様に理由がない。ここでは、この世で並行する現象が起こること、何も起こらないかのようなこの世において不思議なことが起こり、それが死の代替物となること、そしてそれを実感することで、弔いとなる。死が理不尽であるがゆえに、理由のあることがらではなく理由の希薄な等価物が出ることが、〈悲しみ〉といった言語では表すことのできない感情の表出となる。

常に死の代替行為がなされるわけではない。五作目「白衣」と七作目「拷問博物館へようこそ」では、弔いと死は逆転している。主人公の女性達は、恋愛でつらい思いをしている。彼女達の心は潰されているので、それに見合う死を彼女達は求める。「白衣」の主人公は実際に殺し、「拷問博物館へようこそ」の美容師は、恋人への思いが通じないことを拷問器具を見ることで解消しようとする。弔いは死に対してのみならず死ぬほどの悲しみに対してまで拡大し、それを弔うために死をもたらす、すなわち死自体が弔いとなる。弔いの定義は、拡散する。

後半の一連の〈伯父さん〉が登場する物語で、伯父さんはベンガル虎の臨終をみとる。これは虎を聖性のもとにかえすという本来の弔いであるが、そのベンガル虎の臨終をもう一人見取ったのは、「白衣」の主人公に医者の夫を殺された女性である。作品毎に登場人物が跨がっていることはほのめかされていたが、ここに至るとその関係は十分に明示的になる。そしてある短編では渦中にある人間が、別の短編の弔いに偶々居合わせてそれを見守る、という形も見えてくる。物語の枠を跨がって人物が出てくることで、小説全体が弔う共同体のように見えてくる。

本来、死はその人の一生を定め、それによって、その人がどのような人物であるのか決する時である。ゆえに、死をもってその人間のアイデンティティは完成する。しかし、この共同体の中では、徐々に誰が誰を弔っているのかが曖昧になる。「トマトと満月」は特に、誰を、あるいは何を弔っているのかよくわからない作品である。不思議なおばさんが出てくる。彼女はホテルマンから無視されるような存在感しかなく、六歳の息子を連れて動物園にいったエピソードから考えると、作家になった「眠りの精」の若い義母と同一人物のようにもみえるが、彼女が書いたと主張する本の作者はすでに亡くなっている。また、自作小説の原稿を持ち歩いているはずなのに、彼女が残した風呂敷包みの中の原稿は全て白紙だった。彼女は誰なのか。追及しても整合性のある答えは出てこない。この作品で、人物のアイデンティティは一挙に輪郭を失う。もはや、「洋菓子屋の午後」にあったような、〈息子でなければ〉という弔いの次元ではなくなっている。

アイデンティティが明確な輪郭をもたないままに、弔いの行為のみが続けられていくというのは、どういうことだろうか。弔いの共同体の中では、哀しみは交換され、全ての弔いの行為は、他人の弔いのためにもなるのである。固有の弔いという意味合いは希薄になり、偶然に起きること、そこに居合わせることが、弔いの行為の一部をなす。そして、お互いに慰めあうこともなく、お互いの存在によって慰めの行為がなされていく。

最後の短編は「眠りの精」の義母の葬儀のまさにその時間に始まる物語であるが、最初の短編と呼応している。最初の幼い息子の死はみだらな希望をもたらしていたが、最後の物語はすでに老境の婦人の物語で、青年の声に魅かれ、老いた身に与えられるものを越える欲望をもって生きることを望む彼女が弔うのは自分自身である。彼女が死んでいる様子は、最初の短編の息子が冷蔵庫の中で死んでいる様に等しく、悲しみと苦しみが、もっともみだらな弔いを招いた最初の純粋さを思い起こさせるが、彼女の弔いには、偶然に居合わせる人物が描かれていない。弔いの共同体から離れた彼女が見つめさせられるのは自分の死である。彼女の死は、他に弔う相手がいないという点でもっとも残酷である。ある死に対して与えられる他者の弔い、それがないところに起こる孤独、それを示唆しつつ、この連作は終る。

偶然性を起点に、弔うという行為が徐々に拡散していったが、最後に作品に取り込まれるものも見逃してはいけないだろう。読者もまた、偶然にこの本を手に取り、読むことでその共同体の一員となる。慰めの連鎖は偶然に居合わせる我々読者にもそのようなバトンを渡すのである。またこの本を綿密な筆致で描いた作者も、この本を書くという行為自体が弔いであったかもしれない。それを読んだ読者が、この作品を、一つの偶然として、一つの過剰として、また一つの不思議として出会い、とすれば、それもまた慰めの行為である。この本をめぐり、読者と作者の欲望が重なり合い、慰めあうところに、小川洋子を読むみだらな快楽があるといえるだろう。

（財団法人　日仏会館）

『寡黙な死骸　みだらな弔い』——複雑な謎——田村嘉勝

興味ある二人の発言　単行本『寡黙な死骸　みだらな弔い』は平成十年三月、「洋菓子屋の午後」（「週刊小説」97・5・2）など十一編の短編小説を収載し実業之日本社から、その後平成十五年三月に文庫本として中央公論新社からそれぞれ刊行された。

福田和也は『作家の値うち』でこの『寡黙な死骸　みだらな弔い』に〈きわめて邪な結構をもった小品からなる短編集。それぞれ作者らしい設定で読ませるが、いささか水増しされた印象は拭い難い〉とコメントし、百点満点中五十六点を付けている。この点数は福田の判断によれば〈読む価値がある作品〉に入るという。

しかし、この福田見解以前に、つまり単行本が刊行されたとき、ややまとまった作品評価的な文章が発表された。それらは、柴田元幸「きれいはきたない　きたないはきれい」と小沼純一「大胆にしかけられた時間と空間のズレ」である。前者は〈連作短篇〉の持つ作品の特徴を指摘し、〈時間と空間の共通性とずれ〉がうまく作品に取り入れられているとし、後者は各短篇の物語内容にこだわり、〈ひとつの短篇の中心が別の作品の細部となって現われる仕掛けも巧み〉であるといい、互いに相反する（相対立する）言語空間がさりげなく作品化されていることに着目している。このことを柴田は〈小川洋子的異界〉といい、それが本作品では〈いつになくはっきり出ている〉という。これらを受けて、高根沢紀子は〈小川作品の持つ二律背反的世界が（中略）と、絶賛され、小沼純一も〈これは連作短篇でこそ可能なスタイルだった〉と、この作品の成功を認めている〉と論じている。

これらの見解はすべて正しい見方であるが、作者小川のおもいの表面を語ったにすぎないとの印象も否めない。ところで、十一の短編の中で、やや独立しているようにみえるのは「白衣」であるが、しかし、これは他作品との相互関係でみると、「白衣」から他作品への入れ子型構造の関係にあり、要するに、「白衣」から他作品への一方的な物語内容への介入ということになる。

ただ、これら短編作品の配列で「洋菓子屋の午後」が最初に来て「毒草」がラストになっているだけで、作品順序を変えれば相互の入れ子は成立する。

興味深い小川の発言

小説を書くことは、洞窟に言葉を刻むことではなく、洞窟に刻まれた言葉をよむことではないか、と最近考える。（「文庫版のためのあとがき」）

小川の生きる日常に、時折起こる事件（現象）を、どう読者に伝えるのか、つまり、その現象をどう物語化して読者に伝えて行くのか、これが小川にとって「小説を書く」という行為になる。かつて洞窟に刻まれていた言葉を、ポールスターが、川端が、ガルシア・マルケスが自分たち読者にどう語って聞かせてきたのか。今仮に、自分が〈犬が死んだ〉という現実に直面したとして、その後の行方をどう〈少年〉に話して聞かせることができるか、そのことが彼女にとっては〈小説を書く〉ことであるという。

とすると、この連作短篇は、各作品毎に、何かしらの現象があって、それを読者に伝えようとするときに、あるまとまった連作短篇のもつ効果を活用し、各作品の交差を運用したといえる。そして、操作の途中、もしくは過程において、小沼純一のいう〈時間と空間の共通性のずれ〉（「大胆にしかけられた時間と空間のズレ」）が生じてきたり、柴田元幸のいう〈二律背反的世界の構築〉（「きれいはきたない　きたない」）が確認されてくる。

具体的な作品相互の入れ子とその効果

「洋菓子屋の午後」と「トマトと満月」を比較してみよう。

「洋菓子屋の午後」では、洋菓子屋での〈私〉と老女、そして、ケーキ屋（洋菓子屋）の少女（勤務する）三人が中心である。物語は〈私〉の語りによって進められていく。ところが、「トマトと満月」になるとこの「洋菓子屋の午後」という作品は「トマトと満月」に登場する自称作家のおばさんの作品となっているが、このことは作品本文からわかることであるけれども、猫背の女がこの作品の著者だということがわかってくる。主役であった「洋菓子屋の午後」は、「トマトと満月」では脇役となっている。同様に、おばさんによって与えられたトマトが〈私〉の食事にたくさん出され、そのトマトはおばさんが拾ってきたものだという。しかし、この〈拾ったトマト〉は、実をいうと「トマトと満月」の先の作品「ベンガル虎の臨終」で、医者である夫の不倫相手の女（五〇八号室に住む、大学病院の優秀な秘書）に会いに行く途中、横転したトラックから道路一面に散らばったトマトであり、それをおばさんが拾って来たということとなる。「ベンガル虎の臨終」でそれほど意味を持たなかったトマトは「トマトと満月」では大きな意味を持つことになる。

小沼の言説も、また柴田の言説もいずれも的を得た内容である。しかし、小川の言説を詳細に分析してあてはめると「洋菓子屋の午後」で描かれた、その作品の作者は「洋菓子屋の午後」では解明されることはなく、その解明は「トマトと満月」まで待たなければならず、同様に「ベンガル虎の臨終」でのトマトは「トマトと満月」まで待たなければ解明されることはない。

作者小川は、各短篇で描いた、いろんな事象を読者に伝えるために〈読む〉ことをし、読者に伝えようとした。それは見事に成功した。このことは〈連作短篇〉という小説操作によって可能になったといえる。

小川発言と作品構造の行方　小川のいう〈洞窟に刻まれた言葉〉とは彼女の小説作法のようであるが、むしろこれは彼女の堅固な意思によるもので、この短編集『寡黙な死骸　みだらな弔い』でもって証明してみせたのでないかと考えられる。

もう一度「トマトと満月」を引用してみよう。この短篇には「洋菓子屋の午後」「眠りの精」「ベンガル虎の臨終」が入れ子となって作品化されている。だが、ここでの入れ子となっている各作品は小川のいう〈洞窟に刻まれた言葉〉そのものを意味し、その言葉をどう読者に伝えるべきかを、新たな語り手を設定し物語らせている。たとえば作品「洋菓子屋の午後」を語るためには自称作家〈おばさん〉の説明が必要であったし、〈キリンの首はどうしてあんなに長い？　理不尽だよ〉と言った〈十歳の子〉を説明するのには作品「眠りの精」での「僕」の語る内容が必要であったし、サラダに出された〈トマト〉を説明するためには「ベンガル虎の臨終」でのトラック横転によって道路一面に散らばった〈トマト〉を語る必要があったという具合にである。しかも、自称作家〈おばさん〉をより詳細に理解しようとするのならば作品「老婆J」での〈私〉と老婆との関係説明を必要とするし、また「果汁」での〈キューイと元郵便局〉を説明するためにはこの「老婆J」での〈一人暮らしの未亡人〉の存在が必要となってくる。

各作品が相互に入れ子型になっているというのは、実は小川のいう〈洞窟に刻まれた言葉〉を彼女なりの小説作法（小説操作）でもって実は読者にちゃんと語られて来ていたのである。ただ、読者がその操作に気づくことなく読み過ごしていたのではないか、と考えられる。彼女の発言は普遍化された単なる小説作法ではなかったのである。

（奥羽大学教授）

『沈黙博物館』——放逐された弟——

藤澤るり

「語りえぬものについては、沈黙せねばならない」とヴィトゲンシュタインは言ったが、小川洋子の『沈黙博物館』の世界は「最も語られるべきことについては沈黙せねばならない」世界だ。その代わり、「最も語られるべきこと」が語られないまま、その周囲に独特の世界が構築される。語られるべき中心を欠いた世界では、語られないこと、そのことがまるで潤滑油になっているかのように、言葉はいとも軽やかに隠された中心の周囲を旋回する。そこに構築される世界は静謐で美しく、豊饒でさえある。

例えば〈沈黙の伝道師〉について。なぜ『沈黙博物館』の舞台である村に〈沈黙の行〉を行う〈沈黙の伝道師〉なるものが存在し、修道院まであって修行の体系が作られているのか。〈村に残る唯一の工芸品〉〈卵細工〉についてはきちんとその由緒来歴が語られるのに、〈沈黙の伝道師〉についてはその由緒来歴が語られる部分はどこにもない。ただそういう存在がこの村にはあることだけが語られる。そしてそれとは正反対に〈沈黙の伝道師〉の周辺については実に饒舌に多くのことが語られる。彼らと〈等しく沈黙を分け合うことができる〉唯一の存在シロイワバイソン、その毛皮、修道院へ通じる沼、懺悔を行う氷と踏み台、爆死する伝道師、見習い伝道師の少年、養魚場で鱒を育てた男。思わず映像化したい誘惑にさえ駆られるような豊かで不思議な世界がそこにある。そしてその世界がなぜ構築されたのかについては何も語られない。

例えば主人公〈僕〉に〈沈黙博物館〉を作るように命ずる老婆。彼女は〈僕〉に〈十一の秋、目の前で人が死んだ〉こと、その死んだ庭師の剪定バサミを形見として取り上げた時〈自分がしなければならないたった一つのことを、正しくやり遂げた〉と感じ、それ以来〈村で誰かが死ぬたび、その人にまつわる品を何か一つだけ手に入れるように〉してきたと語る。しかし、ごく真っ当な問いとして、十一歳の少女が、いくら目の前で人が死んだからといって、その日から唐突に自分の人生をひたすら形見の収集に明け暮れる人生として選び取るだろうか。もしそういうことが起こり得るのなら、彼女は突出して特異な少女でなくてはならず、彼女が特異な少女であるためにはそれを必然的にする彼女の生い立ちがある程度語られる必要があるだろう。しかし、それは一切語られない。小説も終わり近くなってから、〈あなたの昔のお話〉を聞きたがる〈僕〉に対して彼女は〈全部忘れた〉と告げるだけだ。彼女は何者なのか。その問いを棚上げされたまま、読者は彼女の形見への情熱によって展開する物語を読まなくてはならない。

　しかし、それでいて老婆と彼女を取り巻くものはあまりに豊かだ。彼女の身体、個性、しゃべり方、着るもの、住む場所、〈形見〉に対する姿勢、どの一つに対しても適切な言葉が溢れるようにそそぎ込まれ、物語が生まれていく。その言葉の渦に巻きこまれてさえいれば彼女が何者であるかなど、ほとんどどうでも良くなってしまうくらいに。

　それなら主人公〈僕〉については何が語られていないのだろうか。一見すると、彼は〈沈黙博物館〉の創設をめざす側（老婆、その養女である少女、庭師夫婦）によって彼らの村に絡め取られてしまったかのように見える。確かに舞台となる村は異常な空間であるには違いなく、〈僕〉が兄に宛てて出した手紙も贈り物もすべて外の世界に届かない。〈僕〉は〈考えもしなかった遠い場所に、今、自分は居る〉と一応自覚はするのだが、事態は彼の自覚より遙かに深刻で、〈いいかい？　技師さんは自分で思っているより、ずっとずっと遠いところまで来てしまっているんだ〉と老婆の屋敷の庭師に言われた時には、彼はもう元の世界には二度と戻れなくなっていた。彼は〈私たち（僕、少女、庭師夫婦、筆者注）のうち、誰か一人でも欠けたら駄目〉（傍点筆者、以下同様）〈私たちの居場所はもう、他にはないのよ〉と少女に言われるままに、彼に親しい人々（兄夫婦、彼らの子供）のいる世界に戻ることを諦める。

彼はなぜ諦めることができたのだろうか。手がかりは少女の言葉。彼女がこの村で〈沈黙博物館〉を完成させるために必要だという彼を除いた〈私たち〉の人数と、彼が元の世界で交流していた人々の人数は奇妙なシンメトリーを成している。ともに三人。夫婦ともう一人。それに死者を加えてみる。元の世界では死んだ母。こちらの世界では小説の最後に死ぬ老婆。そうすると元の世界では「母、兄夫婦、その子供、僕」。こちらの世界では「老婆、庭師夫婦、少女、僕」。どちらも五人。五と言えばこの小説では独特の意味を持つ数だったはずだ。広場の爆発事故によって少女の〈白く柔らかい頬に刻み付けられた天の啓示〉、〈五つの頂点が当分の角度でつながり合った、完全な形の星〉の傷跡。このあまりにも出来過ぎた一致は何を物語っているのだろうか。

〈僕〉についての問い。なぜ彼にとって他人は家族だけなのだろうか。なぜ彼には村から手紙を書くべき友達や恋人や仕事仲間がいないのか。なぜ彼の回想の中に兄と母以外に彼が交流する人々が登場しないのか。例によってそれについては何も語られないのだが、この世界で交流すべき人間の数が極度に少ない彼の脳内世界はいったいどのような状態になっているのだろうか。博物館専門技師として〈業界ではかなりのキャリアを積んでい〉ても、そしてその過程でどんなに多くの人々と接してきたとしても、それはあくまで彼の外の世界の出来事に過ぎず、彼の最深奥の脳内世界の出来事にはなっていなかったのではないだろうか。外の世界で何をしてこようと、彼の最深奥の脳内世界には始めは母と兄、次に兄とその妻しか存在していなかった。そしてその次にはそこに兄夫婦の子供が加わるはずだった。しかし、その時点で彼は放逐される。彼の最深奥の脳内世界にぴったり見合ったどこにもない場所、消滅のみがあって生成が起こらない場所へ。彼が視野に入れられる人数と同じ人数しか視野に入れなくていい世界に。

〈僕〉に顕微鏡の中の世界を教えたのは〈兄さん〉だった。〈あまりにも無防備な僕の瞳〉に〈レンズの向こうの世界〉が写り、〈僕〉は〈自分の知らない場所にも世界が隠されていた〉ことを発見する。その日から彼は顕微鏡の虜になる。〈長い間顕微鏡をいじっていると〉彼はしばしば〈自分がレンズの外側でなく、スライドガラスとカバーガラスにはさまれた、小さな一滴の中に入ってしまった気分〉に襲われる。自分にとってそれが〈一番幸せな瞬間〉だと決めてしまった時、彼は〈小さな一滴の中〉にではなく、〈隠されていた〉世界の住人として、形見を陳列する博物館の創設に手を貸すことを密かに決められてしまっていたのではないだろうか。

好意を寄せている少女と見習い伝道師の少年との仲に嫉妬した彼が、夜顕微鏡でタニシの精子を観察する場面は妙に生々しく、かつ不気味だ。彼の嫉妬と欲望はカバーガラスの下のタニシの精巣に置き換えられ、生の感情となることを免れて断片化される。つまり可視化され、ものとなる。別の感情が起これば彼は別のプレパラートを作って観察するかもしれない。ちょうど死が形見というものに置き換えられ、〈感電死だろうが圧死だろうが発狂死だろうが〉〈死は死であり、他の何ものでもない〉という思想のもとに人間的な個別を失って、それぞれの形見というものの個別に置き換えられてしまうように。

元の世界には帰らずに村で生きることを決意させられた〈僕〉は、『アンネの日記』と顕微鏡を母と兄の形見として沈黙博物館に収蔵する。しかし、もし今彼が死んだら、彼の形見はあるのだろうか。『アンネの日記』と顕微鏡こそが彼の形見になり得る唯二のものだったのではなかったのだろうか。彼は生きながら形見を収蔵してしまったのだろうか。彼はこの先この村で生きて、彼が生きてきたことを明らかに示す形見を手に入れることができるだろうか。

最後に庭師と少女について。彼らは〈僕〉をこの村にとどめ、恙なく仕事を遂行させるために有能に働く。それが彼らのこの小説内での何よりの役割であるのだが、もちろん彼らについて最も語られるべき情報は何も語られず、そしてそれ故に二人はひどく魅力的だ。

小説の最初の〈僕〉が村に到着した直後の部分で、少女の不自然な薄着、老婆と少女との〈お互いがお互いの一部分になったかのよう〉な寄り添い方が提示されると、彼女は実は妖怪か何かなのではないか、〈僕〉とけして食卓を共にしようとしない老婆と少女は、〈僕〉の見ていないところでは怪奇な存在に化しているのではないかといった妄想も起こりかねない。しかしそれ以上何事も起こらず、爆発で怪我をした少女の快気祝いでは、あっけなく彼らは〈僕〉と食卓を囲んでしまう。少女は誰の娘なのか、なぜ老婆の養女になったのかについては、もちろん何も語られない。しかし少女が〈僕〉にこの村での閉じ込められた生を生きさせる最も有効な牽引力であることは明らかで、逃げようとする彼を連れ戻すために雪の中で〈睫毛も耳たぶも唇も〉凍らせて彼に〈私たちの居場所はもう、他にはないのよ〉と最終的な宣告を下すのは彼女なのだ。庭師も同様で、彼の二回目の殺人は明らかに休暇をもらって帰ろうとする〈僕〉を村に引き留めるためのものだし、殺人事件の容疑者として〈僕〉が刑事に見張られていることは〈僕〉をこの村に閉じ込めたい彼らにとって何よりも都合がいいはずだ。

この村には消滅だけがあって生成がない。外の世界では〈僕〉の兄の子供が生まれているらしいのに、この村では何者も生まれていない。死だけが起こる。消滅の側に強く傾いた空間。そのような〈村に残る唯一の工芸品〉が〈卵細工〉であることは象徴的だ。生成の象徴である卵がこの村では〈中身を吸い出〉され、〈細工を加え〉られて土産物にされる〈僕〉は兄への手紙の中でそれを〈再生のシンボル〉と呼ぶが、それはあくまで〈再生〉であって「新しい生成のシンボル」にはなり得ない。そして〈僕〉の母親は〈卵巣ガン〉で死んでいる)。死んだ卵たち。甦らせるためには語られてこなかったことを語ることこそが必要なのかもしれないが、それを果たすことなくこの物語は終わる。なぜいつも最も語られるべきことは語られなかったのだろう。それさえ語られればすべてが変わったのに、なぜ、…いや、もうよそう。この小説は無限に「なぜ」を産み続ける。語られるべき中心を欠いたまま。いや、中心を欠いているからこそ、語られる周辺には「なぜ」の嵐が吹き荒れる。それは、そもそもこの小説が空虚を抱えたまま世界に向かって「なぜ?」と問い続ける精神によって生み出されたからではないだろうか。

(明治大学・東京大学非常勤講師)

『偶然の祝福』——行き詰まりの先にあるもの——藤田尚子

この短編集の冒頭は、次のように始まる。〈真夜中過ぎ、寝室兼仕事部屋で小説を書いていると、時折自分がひどく傲慢で、醜く、滑稽な人間に思えてどうしようもなくなることがある。（中略）何て自分は卑しい愚か者、無教養な見栄っぱり、節操のない浮かれ屋なんだろう。大勢の人々を傷つけ、うんざりさせ、期待を裏切り、取り返しのつかない失敗をしでかした。（中略）世界中が自分に背を向けている。私を愛してくれる人など誰もいない。私の小説を読んでくれる人など一人もいない……〉（「失踪者たちの王国」）。

『偶然の祝福』は七つの作品からなる短編集であるが、一連の作品の主人公は〈私〉である。〈私〉は三十代半ば頃と思しき小説家で、一歳になるかならないかの息子と、ラブラドール犬アポロとの三人暮らしだ。

〈私〉の半生は恵まれたものではない。父親は他の女性と別の家庭を持っているし、母親は宗教に逃げこみ、弟を溺愛している。しかしその弟の存在によって家族がどうにか絆を保ってもいる。ところがその弟は二十一歳の若さで、不良グループに殴り殺されるという悲惨な形で死んでしまう。この弟の死から始まるのが「盗作」という作品だが、弟の死を皮切りに〈私〉に次々と不幸が襲いかかる。弟の葬儀後、浴室の水道を締め忘れ部屋を水浸しにしてアパートを追い出され、恋人が横領の罪で逮捕され、そのせいで自分も仕事をやめざるを得なくなり、一年かけて書き直しを繰り返していた小説は全て不採用になる。そして終には、貯金も労力も使い果たし、弟の死の哀しみに打ちひしがれて外出することもなく引きこもっていた〈私〉が珍しく外出した時、ライトバンにはねられ、全治三ヶ月の重傷を負ってしまうのである。作者は何ゆえそれほどまでに〈私〉に苦難を与えるのであろうか。

しかし〈私〉にも奇跡のような「偶然の祝福」が訪れるのである。入院先で〈私〉が子供の頃見た映画『家なき子』を思い出す場面がある。旅芸人に売られたレミ少年は、旅の途中度々可哀想な目に遭うのだが、今度こそ駄目だと思うたび、必ずどこからか救いの手が差し延べられる。〈スクリーンの上に舞い降りてくる偶然の神秘に、私はうっとり見とれたものだ。畏敬の念さえ覚えた。この世を支配する運命のからくりは、なんと慈悲深いのだろう。どんな不幸だって見捨てはしない。いや、よりひどく不幸であればあるほど、輝かしい偶然を用意してくれる〉。なるほど作者が〈私〉にこれでもかと試練を与えるのは、そこにすばらしい偶然を用意するためだったということが了解される箇所だ。しかし、それは『家なき子』や『小公子』『小公女』といった世界名作児童文学の中で起るような、劇的な〈輝かしい〉偶然、といったものとは少々趣を異にしている。その時はその神秘に気づかないのだが、振り返ってみると、それが今ある自分に必要な出会いであったと気づかされるような、淡くひそやかな偶然の祝福なのである。

収められている七つの短編全てに貫かれている基本テーマは、小説家としての〈私〉の身の上に起った「偶然の祝福」であると言ってよい。〈私〉が「書く」という行為に目覚めたきっかけは、十一歳の夏休み、仕事で一ヶ月ヨーロッパを回っていた父親からおみやげにもらった万年筆だった（「キリコさんの失敗」）。銀色で細身のスイス製の万年筆で、〈私〉のイニシャルYHが彫ってあるものだ。それから〈私〉は、書きたくて書きたくてたまらなくなる。ところが、飽くことなく言葉を、そして物語を紡いでくれていたこの万年筆を、こともあろうか母親が、ある日うっかり栗の皮と一緒に燃やしてしまう。焼却炉の中から出てきたそれは〈私の万年筆だった。ペン先は煤け、胴体は歪み、イニシャルは溶けて判読不能になっていた。どんなに目を凝らしても、私の指先から言葉を紡ぎ出していた頃の名残は、どこにも見つけられなかった〉。「書く私」に降りかかった最初の不幸にうちひしがれる〈私〉。そこに説明のできないような奇跡が起こる。父の使いで、ある収集家のところに壺を届けに行ったお手伝いのキリコさんが、焼却炉で栗の皮と一緒に燃えたはずの〈私〉の万年筆をその収集家の手に見出したのだ。キリコさんは事情を話し、万年筆を譲り受ける。キリコさんは万年筆を〈私〉の手に握らせてこう言う。「さあ、これで書くのよ」と。一度は失われてしまった万年筆を再び〈私〉の手に運んできてくれたキリコさんとの出会いこそ、小説家〈私〉に初めて降りそそいだ祝福であった。

〈私〉にとって小説を書くということは、生きる、ということとほとんど同義の重要な作業になっている。しかし冒頭に引用した箇所からも窺えるように、書くことは決して楽な作業ではない。苦しみもがきながら、言葉を、物語を生み出していかねばならない孤独な作業だ。自信を失うこともある。「エーデルワイス」には〈私〉の小説の熱烈なファンで、〈私〉の全ての作品を持ち歩く奇妙な男（しかも〈私〉の弟だと名乗る！）が登場し、たびたび〈私〉を気味悪がらせ、戸惑わせる。しかし、〈私〉の小説を全身全霊をもって愛し、大切に扱い、そして次作を楽しみに待ってくれているその男の存在は、知らず〈私〉にとって、書き続ける上での限りない励ましになっているように読める。前出の「盗作」という短編では、弟を失った哀しみから全く小説が書けなくなっていた時に、ある女性と知り合い、その彼女の語った物語によって〈私〉は救われ、そして再び書き始めることができるようになる。「蘇生」という短編での〈私〉は、ある朝起きたら言葉がしゃべられなくなっている。声と同時に言葉を選び出し書き付ける力もなくしている。言葉を失うことは小説家の〈私〉にとって致命的なことである。しかし、ここでもアナスタシアと名乗る老婆によって、〈私〉は再び言葉を獲得する。

書けなくなり、どん底まで落ちていき、挙句いよいよもう駄目だ、という時になって起きる不思議な出会い。振り返ってみるとそれらの出会いがあったからこそ、〈私〉は小説を書き続けることが可能になってきたのである。小説を書いている現在の立場から、それら神秘の体験を〈私〉は綴り、そして改めて〈私〉は、自分の身に起きた〈偶然の祝福〉に感謝するのである。

〈私〉は作者小川洋子を髣髴とさせる。「バックストローク」や『ホテル・アイリス』（注・作品名としては出てない）は小川の作品であるし、小川が言葉というものに徹底してこだわる姿と同様の姿が〈私〉にも見出せる。もちろん小川はシングルマザーではなく、作中では死んでしまう弟も実際は健在だ。しかし〈私〉には、小川の小説家としての時に味わう苦しみやもがき、絶望が、ストレートな形で投影されているといえよう。

エッセイ集『妖精が舞い下りる夜』の「最後の小説」に、大学時代、自分の書いた小説が誰からも顧みられず落ち込んでいた時の出来事が書かれている。そんな時、中央線の中で出会った見知らぬ青年が、不意に「またいつかどこかで、必ずあなたとお会いできる気がします」と言ったという。小川はその彼の言葉が「いつまでも書き続けて下さい」というメッセージとして深く心に残ることになったと書いている。〈偶然の祝福〉なしに小説を書き続けることはむつかしい。そして生きてゆくために小説を書き続ける限り、〈偶然の祝福〉は起るし、また起ってほしいと、小説家小川洋子は考えているのではあるまいか。

（成蹊大学助手）

『まぶた』——磐城鮎佳

小川洋子の作品には隙が無い。彼女のなかにある独特の感覚を、透明感溢れるイメージのなかで実に見事に完結させている。あるエッセーのなかで〈言葉はしぐさを超えるべきだと、いつも思う。くどくど説明するというわけではない。彼が紅茶を何色と感じるか、その色一言で彼の感情の奥深い一点が表現できるかもしれない。言葉が単に形を指すものとしてでなく、独自の空間を内側に備えたものとして、小説の中で生きてほしいと願っている。そのために、どの言葉を選ぶかで随分と手間取る〉と書く小川洋子の、小説への企みは深い。作品のなかには、吟味された言葉だけが散りばめられている。〈小説が小説であることを愉しんでいる小説〉（「文学界」01・7）と蜂飼耳は評しているが、まさにその感覚である。ただ、ともすると「よく出来たお話」という感じで小さく纏まってしまう可能性は否定できない。

『まぶた』は一九九三年から二〇〇〇年にかけて発表された八編の作品を集めたアンソロジーである。ヤモリのミイラをお守りとして持ち歩いている老婆、夜になると蛍のように発光する中国野菜、まぶたを切り取られたハムスター、あらゆる匂いをコレクションする女性、左手を上げたまま下げることが出来なくなってしまった水泳選手、卵巣に毛が生える病気になった詩人など、小川洋子独特の、非現実ではないけれど、現実からほんの少し逸脱した日常が実に淡々と描かれている。

作者自身認めている通り、彼女は一般的とはいえない直喩・隠喩を多用することで作品に一種独特な雰囲気を与えている作家であるが、本書は他の作品に比べるとそのような比喩があまり使われていないように感じる。比喩の多用ではなく、登場人物等の設定を多少奇抜にする事で、奇妙な雰囲気を作り上げている作品群といえよう。

表題作になっている「まぶた」は、『ホテル・アイリス』と非常によく似ている。『ホテル・アイリス』の方は、学習研究社より一九九六年十一月に書き下ろしで発表されたものであり、「まぶた」は同年九月号の「新潮」に掲載されたものである。時期的にはかなり近いが、「まぶた」が『ホテル・アイリス』の基盤になっていたのか、逆に『ホテル・アイリス』の進化形が「まぶた」なのかの判断はつかない。ただ、「まぶた」の方は短編なので、全体的な雰囲気として詩的な感覚が強いように感じる。また、先に述べた小説への〝企み〟を最も強く感じさせる作品である。

主人公の〈わたし〉は十五歳の少女であるが、〈わたしたちの秘密を知っているのは、あの人だけね〉などと妙に大人びた台詞を相手の中年男性Nに投げかける。小説の冒頭から、〈わたし〉がNの家に行き、年齢を答える場面に至るまで、読み手はこの女性がまさか十五の少女だとは気付かないであろう。

Nは島に住んでおり、〈わたし〉は土曜日になるとスイミングスクールをさぼって船で島へと渡り、Nと逢瀬を重ねる。彼は〈風の強い浜辺でも、湯気のこもった浴室でも、ベッドの上でも〉どんな時でも乱れない奇妙な髪の毛を持ち、町の石材店に勤め石のデザインをしている。〈わたし〉のまぶたに異常な執着を示し、さらにまぶたを切り取ったハムスターを飼っているのである。

作品でまず興味を惹くのは、この二人の関係性である。島で何度も逢瀬を重ねる二人は、一見とても親密な関係を築いているように見えるが、どうも正対していないように思える。それは、次のNの台詞から読み取れる。

Nはわたしの髪を撫でる。

「十三年前いなくなった彼女が……」

彼の指は頬を伝い、顎をつまみ、首に下りてくる。

「まるで十三歳若くなって、戻ってきたようだ……」

Nには以前、プロポーズをして振られた女性がいた。彼女はクリーニング屋の受付をしており、バイオリンが得意で、Nがリクエストするといつも恥ずかしそうに目を伏せて弾いていたが、彼はその時の、完璧な曲線を描くまぶたを愛していた。そして同じように美しい形の少女のまぶたを偏愛するのである。ここでは、過去に振られた女性を〈わたし〉に投影するNの姿が見て取れる。Nが見ているものは〈わたし〉ではなく、まぶたを介在させた過去の女性なのである。

また一方で、〈わたし〉の方はといえば、Nの家について行った理由を〈ちょっとした冒険心かもしれない〉と語っている。十五歳の少女が抱いたちょっとした好奇心である。作品内で、〈わたし〉のNに対する感情や気持ちはほとんど描かれておらず、代わりにあるものは、徹底した観察である。さきのNの髪の毛の説明から始まり、〈わたし〉の目を通した、Nの体の細部に至る描写がそこにはある。また、町で一番高級なシーフードレストランで食事をした際、Nのカードが使えず手持ちの現金も足りなかったため、二人は従業員のロッカールームに連れて行かれ支配人から裁きを受けるが、その時も〈きらびやかなレストランの奥に、こんなみすぼらしい部屋が隠れているのを知ってしまったことが、余計わたしを悲しくさせた〉とあるだけで、見事なまでに〈わたし〉のNに対する感情は削除されている。作品内では十五歳という少女の好奇心から発する観察のみが続けられ、Nはまるで〈わたし〉の見ている風景の一部であるようにさえ感じる。このような二人が正対することはない。

一見親密に見える二人の関係が、実は投影と観察という行為で成り立っていることに気付くと、二人の間を流れる距離感が妙に物悲しく感じてくる。お互いに肌を合わせ、側にいるのに相手の存在をきちんと認めているわけではないのだ。しかし、否定しているわけでもない。そのあたりの空々しさが実にリアルに読み手に迫ってくる作品である。

小川洋子は細心の注意を払って言葉を取捨選択し、選び抜かれた言葉だけを使って小説を紡ぎ出していく。選ばれた言葉の裏には多くの捨てられた言葉があるはずである。そして、その捨てられた多くの言葉たちは空洞を生み出してゆく。〈例えば、『抱きしめる』という言葉に出会う時、抱きしめる動作そのものを思い浮かべると同時に、相手の髪の毛の香りや、息を詰めた胸の苦しさや、腕を放す瞬間の物寂しさや、とにかく様々な模様を想像する。書き手の側からいえば、できるだけ魅力的な空洞を隠し持った言葉を、作り出したいと願う〉彼女のこの願いは作品一つ一つに込められ、そして成功しているのではないだろうか。〈魅力的な空洞〉を持つ作品は、読み手の興味を掻きたて、あらゆる想像を膨らませる。〈わたし〉とNの関係も、表に現れている言葉たちの裏にある空洞を想像することによって、より深く味わうことが出来るといえる。小川洋子の作品に関する、様々な評論、エッセイなどを読んだが、読み手によって受け取る印象がこれほど違ってくる作品を書く作家も珍しいのではないだろうか。それはとりもなおさず、読み手によって想像する〈空洞〉の中味が違っているからであろう。今後も、この〈魅力的な空洞〉を期待しつつ、ゆっくりと彼女の小説を読み進めていきたい。

（創価大学大学院生）

『まぶた』――孤高なる〈者〉と出会う前――濱崎昌弘

電話番号や生年月日を改めて思い浮かべて「もしかしたら素数か？」と思った人が多いと聞く。異例のロングセラーとなった『博士の愛した数式』（新潮社、03・8）によってもたらされたプチ数学ブームとも言える現象だ。小川洋子にとって素数とは〈分解されることを拒み、常に自分自身であり続け、美しさと引き換えに孤独を背負った者。〉（「孤高の美しさ貫く「素数」」「朝日新聞」夕刊、04・5・29）なのだ。素数とは、単なる数字の組み合わせではなく、孤高なる〈者〉なのである。

さて、いまだかつて素数を〈者〉と称した小説家がいただろうか。素数を初めとした様々な数字達や記号達、法則達（友愛数、完全数、三角数、フェルマーの最終定理、オイラーの公式、√等）は小説家小川洋子に何を示唆し、何処へと導いたのか。小池真理子との対談で小川は次のように述べている。

数学というのは今日、私がお話ししてきたものを全て兼ね備えているんです。自分がこだわってきた死のイメージの循環と数の永遠さも重なり合うし、無機質なものに物語を求めてきたという姿勢にも通じる。で、人間が肉体をぶつけあわずにすむような中間地帯をつくってもくれる。私にはぴったりだったんです。いい題材に出会ったなと。（「愛の本質、ねじれるエロス」「小説現代」05・1）

〈言葉にしないと、どんどん自分が悩みの沼に落ちていくような気がして〉（「小説を書くことは、自分が生きてる証」

「週間文春」04・7・15）小説を書いていた小川にとって、数学とは、悩みに対する回答を美しく優しく与え、これまでの創作姿勢を細やかに穏やかに肯定してくれる救済者としての〈者〉だったのだ。小説家小川洋子は〈言葉の「永遠」は「永遠」という殻をかぶったニセモノで〉〈言葉の世界では得られない〉〈本物の「永遠」〉を数学という〈別の場所〉に〈発見〉（前掲「小説を書くことは、自分が生きてる証」）したのだった。

数学という「永遠に変わらず、それ故に永遠に信頼に値する協力者」を得た小川は、創作に対する姿勢を穏やかに変えていった。『博士の愛した数式』以前と以降に、作風の分水嶺を設定する事は可能だろう。

さて、前置きが長くなってしまった。『まぶた』は『博士の愛した数式』以前の作品八編から構成される。九三年から七年間に亘って発表された作品群であり、数学という永遠性のもとで浄化される以前の小川ワールドを、バランス良く堪能できる短編集である。

蜂飼耳は〈小説が小説であることを愉しんでいる小説〉（「『まぶた』残酷とおかしみの絡み合う世界」「文学界」01・7）と評している。実は作者自身も愉しんでいたようで次のように述べている。

　蓋のあるものが好きだ。ガラス壜でも小鉢でも、蓋があれば愛らしく見える。蓋をして、広い空間にそこだけの閉じた世界を作る。まぶたを閉じて、自分だけの物語の世界を夢見る。（「書かれたもの、書かれなかったもの（まぶた）」「ユリイカ」04・2）

時間進行も含めて閉じられた、ある種の空間域を規定するところから小川洋子の世界は始まる。

彼女が閉じた空間の外殻は、〈口にはコルクで栓がしてあった〉〈茶色のガラス瓶〉（「匂いの収集」）でできている。その文章は鍵を掛けた部屋の、鍵を掛けた引き出しの中の、鍵を掛けることのできる分厚い表紙の日記帳の中に綴られた少女の日々のようなもので、読んではいけないものを読んでしまったと感じさせるものをもっている。

「少女」と書いたが、世界を閉じるのは、少女的な要素を残した人物であることに注目したい。小川洋子の作品には幅広い年齢の女性達が登場するが、「大人の女」「たくましい母」「成熟した女性」「老成した婦人」などにはあまりお目にかからない。どこかにある種の少女性を深く保持し続けた女性達が多い。ここで言う少女性とは、「無邪気さに潜む残酷さ」「純粋さに潜む狡猾さ」「可憐さに潜む妖艶さ」と言うほどの意味である。

小川には『刺繍する少女』という短編集があるが、〈刺繍〉や〈紅茶〉や〈カリグラファー〉といった小道具は繊細で、作品を少女的なものとして読者に捉えさせている。また、吉本ばななどと並べられて〈少女漫画〉的だと評されてきた。三浦雅士は『冷めない紅茶』を評する中で〈はじめに断っておくが、私はこれを読んで面白かったし、感心もした。〉と前おきした後に〈ただ、読んでまず気づくのが、全編に漂う濃厚な少女漫画の雰囲気であることは、否定すべくもない。〉（「夢の不安」「海燕」90・10）と述べている。ここでは〈少女漫画〉的であることは否定的な材料として論じられているのである。このように必ずしも良くはない意味で〈少女〉小説と評されることの多い小川作品だが、少女性を秘めた登場人物像に関して言及した論文や書評には筆者の管見では出会えなかった。

表題作「まぶた」には、昔の恋人の面影を求めてくる得体の知れない中年男に、気の毒なほど切なく淡い期待を持たせておいて、最後には破滅へと導く十五歳の少女が登場する。少女は男との出会いから結末までの何もかもを、無意識の内に演出している。姿を見せない父親への仮想的で代理的ないじめとも読めるだろう。

「バックストローク」では、垂直に上がったまま停まってしまった左腕を持つ水泳選手の弟を、優しく受容しつつ緩慢な死（片腕と心だけの死）へと寄り添い誘う姉がいる。蜂飼耳は〈弟の無言の抵抗と復讐〉（前掲『まぶた』残酷とおかしみの絡み合う世界」）とも評していたが、むしろ母を独占し父を堕落させ、まともな家庭を奪い去った弟への姉の演じた穏やかで優しげなある種の復讐劇ではないだろうか。

「匂いの収集」で描かれているのは、大切なものの匂いをコルク栓付きの茶色のガラス瓶に閉じこめて、ラベルを貼って棚に並べずにはいられない女性だ。閉じこめるには、匂いの元の部分をガラス瓶に入る大きさに分割しなければならない。分割された部分とは、〈鉱物のかけら〉〈野菜の切れ端〉であり、時には元恋人の〈人差し指〉〈歯、耳たぶ、乳首、舌、眼球〉である。鉱物や野菜と切断した人体とを同列に扱うのが浄化以前の小川ワールドならではとも言える。好ましいと思う気持ちの最終到達点は、ガラス瓶に閉じこめてコルクで栓をしてしまう程の完璧なる所有状態しかないのだろう、とでも言いたげだ。

保前信英はこの短編集を〈透明感とグロテスクなイメージの同居〉した〈イメージの標本箱〉（「イメージの標本箱」「週刊朝日」04・11・26）と評している。筆者は透明感とグロテスクが同居した場合に、その最も相応しい住処は少女（ある種の少女性を深く保持し続けた女性）の中なのではないかと思うのである。『まぶた』の奥底に潜むものは少女の怖さではないだろうか。無邪気で無責任で無秩序な、無意識下での「悪意」が、実は一番恐ろしいものなのではないだろうか。

小川洋子の描く少女がそれに近い。だから怖い。

（近代文学研究者）

『貴婦人Aの蘇生』——閉じられた世界から開かれた世界へ——

大本　泉

小川文学の方法　『貴婦人Aの蘇生』は、「小説トリッパー」（99・6〜01・6）に連載された。単行本は、二〇〇二年二月、朝日新聞社から刊行されている。

小川文学の特徴といえる老婆の設定は、既に「揚羽蝶が壊れる時」（89）に見られた。〈刺繍〉という小道具も、『刺繍する少女』（96）等にとりいれられている。貴婦人Aの原型は、「蘇生」（『偶然の祝福』00）の、日本人らしいのに自分をアナスタシアだと名乗る老婆にあった。ユーリ伯母さんは、蔓バラに囲まれた〈A〉の刺繍を剥製一つ一つにし続けるという秩序ある日常的営みの中で、死者である夫との対話を求め続ける。病者ニコの設定等とともに、「過去」を〈蘇生〉させるというモティーフも、従来の小川文学の方法を踏襲しているといえよう。

ところが、従来の文学に比べて『貴婦人Aの蘇生』では、ユーモアを意識した余裕が加わり、伯母さんは、はたしてロマノフ王朝最後の皇女なのかという歴史的謎解きと、愛というロマンチシズムにも重点が置かれて描かれることになった。『貴婦人Aの蘇生』において、小川文学の潮流に或る変化が表われたのである。

孤独から家族という共同体へ　物語は、たとえば村上春樹の『風の歌を聴け』（79）を思い出すような同じ方法で、語り手〈私〉にとっての過去（一九八〇年頃）が語られている。

二十一歳だった〈私〉は、二月に伯父を、四月に父親を次々と喪い、〈死の季節〉を経験した。

〈亡命ロシア人〉のユーリ伯母さんも、日本でたった一人の縁者である夫を喪失したことになる。〈私〉に〈自分が何者であるかを気にしてくれる人間が、この世に一人でもいるなんて、恋をしているみたいに素敵じゃありませんか〉と語ることばに、伯母さんの寂しさが窺われる。

恋人のニコは、強迫性障害の症状である〈儀式〉により、〈私〉と伯母さん以外のいわゆる健常者から疎外されていた。その疎外感は、世界のどこかで自分と同じ症状を呈している人がいると思うと、心が落ち着き、〈その人のために祈っていると、自然に眠りにつける〉と〈私〉に語ることばにも表われている。

そして、裏稼業で剥製の仲買いをしている胡散臭いオハラですら、伯母さんの青い瞳には、〈世界にたった一人に取り残された孤独〉が隠されているとレポートしているところからも、物語の基調にあるものは明白である。

〈自分のすぐ近くに、そうした孤独が潜んでいると思うだけで、心が静かになるのは不思議だ。〉

物語は、このような登場人物たちのそれぞれの〈孤独〉が描かれている。そして物語は、彼らがそれぞれの〈孤独〉をどのように共有して癒し、自己変革を試みていったのかの記録でもある。

それは〈私〉自身が、伯父さんの遺産から学費を出してもらう代りに、伯母さんの面倒を見るという〈合理的動機づけがなされたとはいえ、伯母さんとの共同生活を〈新しい季節〉と表現していたことも象徴的である。〈死〉の呪縛から解放される契機になったのだ。そして二人のみならず、ニコと次第にはオハラまでが介入して、新しい関係性が生成されていく。世話をする／される関係は、状況によって反転する。相手に変化を求めるのではなく、それぞれの存在をそのまま受け容れようとする——真の意味での個人主義といえると思うが——関係が構築されていくのだった。

たとえば伯母さんは、病気も個性としてニコのありのままを受け容れ、身体の愛撫をも加えてあたたかく見守る。そもそも〈私〉とニコとは、セクシュアリティを超えたきょうだいの間柄のような印象が強い。〈私〉も、ニコを〈心棒強く〉見守ろうと努力する。ニコも、〈私〉に対してはもちろん、伯母さんのいわゆる奇矯な言動をも自然に認めようとしている。そして、テレビ番組の収録が成功裡に至るまで、オハラと共に全員が団結していく。

このような関係とは、家族のような一種の運命共同体といえよう。羊水を象徴するかのようなプールの水の中で、泳ぐ伯母さんと〈私〉とニコとの心が融合していく。日本という国の枠組みを超えたイメージも示唆的だ。物語は、血縁に頼らない、父権をも超えた、新しい家族の生成の記録としても描かれたのであった。

蘇生する生者　ところで伯母さんが、時々刺繍の時間を忘れていた如く、生者との至福の時間は、過去を蘇生するその時間を凌駕したようである。伯母さんは、周りの者と共に生れ変わっていった。もう〈孤独〉ではない。アレクセイと称す弟が出現したが、既に生活を共にする家族ができていたからだ。伯母さんは、〈伯父さんとの結婚の立会人となったインパラ〉の上に落下して息絶えた。悲壮感が希薄なのは、〈伯父さんの庇護の元へ、帰っていった〉からでもある。

語っている現在、〈私は、伯母さんの最期を見届けた〉〈証人となったことに、誇りを感じている〉。〈自分に与えられた役割を全うした〉充実感を掌握することができた。おそらく〈私〉が語っている物語以降の時間も、ニコと支えあって生きているにちがいないことが示唆されている。

ニコは、伯母さんと〈私〉と出会ってから、主体的に〈新しい〉〈行動療法〉を受けるようになった。彼は、伯母さんの悲報に駆けつけた時、〈儀式〉をしていない。内面が成長したとともに、症状も改善したと考えられる。

最も変化があったのは、オハラだ。彼は、経済的有用性しか見出せない俗物として登場した。しかし、伯母さん達と交流しているうちに、己れの恥を知り、剥製と同じく〈土に還るのを阻止され〉〈この世に残される運命〉にある者達への愛惜と理解と共感とを覚えるようになった。いささかオーバーではあるが、伯母さんの死への号泣は、愛の表われと捉えることができる。オハラも、前に触れた家族の一員になっていったのである。

「刺繍する少女」の少女の刺繍とは、死者を迎え入れるものだった。しかし『貴婦人Aの蘇生』では、タイトルが表徴するように、伯母さんことアナスタシア（ロシア語で蘇生の意味）を含む生者のいわゆる蘇生が描かれた。アナスタシアとは、成長の譬喩でもあろう。『貴婦人Aの蘇生』は、蘇生する生者の物語なのでもあった。

小川文学の分水嶺　千野帽子は、「インタヴュー　なにかがあった。いまはない。」（「ユリイカ」04・2）の中で、『貴婦人Aの蘇生』と『博士の愛した数式』（03）との設定における相似性を指摘した。それを受けて、小川自身が、『貴婦人Aの蘇生』を執筆した時から〈ユーモア〉と、〈場〉という空間の拡がりとを意識し、二作とも〈登場人物たちが親密に心を寄せ合う〉ありようを描いたことを明らかにしている。

ちなみに〈2という数字〉に拘泥した症状をもつニコの設定は、博士の造形へと連なっていく。

従来の小川文学は、日常の時空から人が消失していくという〈死〉の、いわゆる閉じられた世界の側面が描かれた。他方『貴婦人Aの蘇生』では、生者を成長させ、生者をあたたかく包摂していく〈死〉の、いわゆる開かれた世界が描かれることになった。

そういう意味でも、『貴婦人Aの蘇生』は、小川文学の分水嶺の位置にあると考えられる。

（仙台白百合女子大学助教授）

『博士の愛した数式』――神の手帳に記されていること――清水良典

デビュー十五年を経て、本書は小川洋子の読者層を大幅に拡大した画期的な長篇である。瀬戸内海に面した小さな町で、一九九二年に家政婦紹介組合から派遣された〈私〉は、一九七五年の交通事故以来、八〇分しか記憶がないという六四歳の数学の博士の世話をすることになる。事故以前の数学の知識と計算能力は変化がないのに、以後の人間関係や出来事の記憶は全くない。人間的なドラマの情報が通用せず、数学だけが不変の情報であるという点、それがこの作品の大きな特色に他ならない。

小説はなにも文科系の人間だけが読むものではない。しかし比率でいえば圧倒的に文科系であろう。その小説で数学の世界がかくも重要なファクターとして登場するという設定は、ある意味で大きなリスクを犯すことになる。数学的説明に辟易して小説を投げ出してしまう読者がいるかもしれないというリスクである。

この小説の越えるべきハードルは二つあった。記憶が更新しない人間を主要な相手として長編ドラマが可能か、という点であり、次にはいま述べたように数学の世界へ敬遠されることなく読者をどのように誘導するか、である。この二つの課題を、本書は見事にクリアしている。

数学はいわゆる算術の世界のみではない。数学にも一種の濃厚なロマンティシズムが存在する。数式という言語による詩が存在する。文学と決して遠くないその数学の魅力、あるいは魔力のようなものを本書は見事に引き出している。たとえば〈私〉と博士の出会いは靴のサイズから始まる。24と聞き、博士は〈4の階乗〉という〈潔い数字〉だと褒め称える。そして電話番号は〈1億までの間に存在する素数の個数に等しい〉数列だった。博士は〈素数〉が好きだ。どの数によっても割ることのできない素数は、博士という孤独な存在、絶対的な単独者を象徴している。そして〈私〉の誕生日二月二十日すなわち220は、博士が学生時代に学長賞を受賞した記念の時計の番号である284と〈友愛数〉であることが判明する。つまりこの小説において数学的なボキャブラリーは、ほとんど小説的な感情移入の表現や人間関係の描写の隠喩として立ち現れるのである。この法則が理解できたとき、本書に充満する数学的な説明は、すべて物語の主要な情報として理解しうることになる。数学のロマンティシズムが、本書においては物語の重要な構築要素となる。数学という異世界の壁を本書が見事に乗り越えることができた理由はそこにある。

〈私〉の息子を博士は、頭の形から〈ルート〉と名付ける。博士とルートはタイガースという要素で繋がっている。博士は江夏ファンであり、ルートはタイガースファン。二人が球場へ観戦に行ったときの、座席番号が〈7－14〉と〈7－15〉という組み合わせであることに博士はまた興奮する。〈714と715の積は、最初の七つの素数の積に等しい〉。あるいは〈714の素因数の和と、715の素因数の和は等しい〉。このような連続する整数のペアは〈20000以下には二十六組しか存在しない〉と博士は言う。それは彼とルートのウマが合った親愛の関係を、数学的ボキャブラリーで伝えているのである。

しかしこれはたんに人間関係の成立によって完結する物語ではない。最も大事なものは、この世の人間と〈神〉との関係に他ならない。数の神秘の背後に〈神〉という超越的存在を立てること、それがこの物語の要点なのだ。

博士が愛する江夏の背番号は28。それは〈約数を足す〉とその数字になるという〈完全数〉である。〈完全数以外は、約数の和がそれ自身よりも大きくなるか、小さくなるか〉であり、〈大きいのが過剰数、小さいのが不足数〉と言う。

「1だけ小さい不足数はいくらでもあるのだが、1だけ大きい過剰数は一つも存在しない。いや、誰も見つけられずにいる、というのが正しい言い方かもしれん」

「何故見つからないんでしょう」

「理由は、神様の手帳にだけに書いてある」

ここに〈神様の手帳〉が登場したことで、この小説は一気に大きな飛躍を遂げる。つまり〈私〉やルート、博士という現世の人物関係が、〈神〉という次元との関係で計られることになるのだ。その〈神〉と〈現世〉との関係は、プラトンのイデア論を思い出させる。イデアとは、人間の絶対的な無知から出発し対話（ディアレクテケー）によって真理に近づくというプラトンの思想の基盤となる考えである。プラトンによれば、真理なるイデアは現世からは窺い知れない外の叡智としてあり、我々が享受するこの世の知恵は全てそのイデアからかすかに投げかけられた「影」である。明瞭にそれを窺わせるエピソードがある。夕方の食卓で博士が〈私〉に直線を書かせる。〈私〉は広告の裏に菜箸を定規代わりにして〈直線〉を書く。それを博士は直線の正しい定義と比べると〈描くことは不可能〉であり、〈真実の直線〉は〈ここにしかない〉と自分の胸に手を当てるのだ。プラトンもまったく同じような例を上げてイデアを説明している。たとえば「円」を地面に画くとき、真の円の定義からは程遠い図なのに、それを人は「円」と理解できる。そのとき外部から「円」のイデアがその図には差しているのである。

それを聞いた〈私〉にはある悟性が生まれる。

空腹を抱え、事務所の床を磨きながら、ルートの心配ばかりしている私には、博士が言うところの、永遠に正しい真実の存在が必要だった。目に見えない世界が、目に見える世界を支えているという実感が必要だった。厳かに暗闇を貫く、幅も面積もない、無限に伸びてゆく一本の真実の直線。その直線こそが、私に微かな安らぎをもたらした。

この〈安らぎ〉の出現が、この小説の成功の秘訣であるといっても過言ではなかろう。絶対的な外部である〈永遠に正しい真実の存在〉は、この世の労苦も不安も〈空腹〉も、生と死さえ、全て人間界の些細な移ろいとして相対化してくれる。

いわば〈神の手帳〉の世界と現世とをつなぐキーワードとして、オイラーの公式が登場する。博士の義姉が〈私〉を誤解しトラブルとなった際（それはこの小説最大のドラマチックなヤマ場である）、博士が無言で差し出したメモに書かれていた数式である。〈πとiを掛け合わせた数でeを累乗し、1を足すと0になる〉その公式を、〈私〉は次のように〝翻訳〟する。〈どこにも円は登場しないのに、予期せぬ宙からπがeの元に舞い下り、恥ずかしがり屋のiと握手する。彼らは身を寄せ合い、じっと息をひそめているのだが、一人の人間が1つだけ足算をした途端、何の前触れもなく世界は転換する。すべてが0に抱き留められる〉。

この公式をさらに、義妹の介入によってせっかく築いた人間関係が破壊される、とのメッセージと受けとるか、彼女が参加しさえすれば永遠の平和が訪れると受けとるかで、〈0〉の意味合いがまったく異なる。博士と〈私〉家族の結びつきに義妹が対立したときは前者だが、彼女が融和したときには後者となる、というふうに私は読む。そして事実、後者の結末を迎えて、博士は円満にこの世から去る。博士と義妹との秘められた恋も、そうして〈真実の存在〉へと昇華されていくのだ。

（愛知淑徳大学教授）

博士の愛した数式／数式の中に埋もれた愛——原　善

『博士の愛した数式』（新潮社、03・8）は、第五五回読売文学賞と第一回本屋大賞とを受賞して、小川洋子ブームに加えて数学ブームまで巻き起こした、今や小川洋子の代表作になった作品である。しかし「ドミトリイ」（90・12）『凍りついた香り』（98・5）と続く数学志向の流れと、『密やかな結晶』（94・1）を代表とする記憶のモチーフの流れとが合流したところで成立した、まさしく小川洋子の作品でありつつも、『博士の愛した数式』で〈小川ワールド〉が〈人間の匂いを漂わせ始め〉（水原紫苑「ユリイカ」04・2）、〈有用性の方向へ転換し〉（井辻朱美「ユリイカ」04・2）、〈小川洋子が一つの大きな転換点を迎えた〉（伊藤氏貴「ユリイカ」04・2）という具合に、小川の作風が一変したかに評価されてもいる。確かに、『博士の愛した数式』は、（フィーバーの背景にあっただろうと思われる、先行するブームを生んだ）川上弘美『センセイの鞄』（01・6）とは異なって、（隔年男女間の奇妙な愛である）家政婦の〈私〉と博士との交流に加えて、〈私〉の息子ルートと博士との純粋な交流が描かれている点は、（もちろん「ガイド」（01・7）のような作品もあったものの）これまでの小川作品とは異なるところであり、〈博士と、平凡な母子の心温まる交流の物語〉（神田法子「ユリイカ」04・2）、〈博士と「私」と息子のルートの聖家族が作り出す奇蹟の物語〉（川本三郎「ユリイカ」04・2）といった評価を生む、擬似的な家族愛を描いているかにも見える作品である。

　しかし、家族愛という点では、背後にもう一つ、擬似的なものであるということも共通する、博士と義姉とのそれがあったことを見落としてはなるまい。〈私がいない間、未亡人が手助けしているのは間違いなかった。しかし私の仕事中に、彼女が姿を見せることは決してなかった。母屋との行き来をあれほど厳しく禁止するのは何故なのか、ふに落ちなかった。〉という〈私〉の不審は、〈もしかすると、（…）未亡人は私に嫉妬しているのかもしれない、という疑問〉へと発展し、それ以前に伏線的に示されていた〈どれもこれもが殴り書きで、半ば数式の中に埋もれているようなのに、背広に留められているメモよりはずっと生命力にあふれていた。〉（傍点引用者）という〈『14：00図書館前、Nと』〉というメモへの〈Nとは誰だろうか。〉という疑問と絡まりつつ作品は進行する。そして最後には、博士が記憶を失う原因となった交通事故において〈助手席に乗っていた〉のが〈義姉××さん〉であったことを明かす新聞記事が紹介され、（野球カードの入った缶の二重底の中に隠されていた）二九歳時の博士の論文の間に挟まれていた、〈どれほど長い年月が経っていようと、それが母屋の未亡人であるのは見間違えようがなかった〉女性と博士が写った写真が、〈身体はどこも触れ合っていないが、二人の間に親愛の情が通っているのはこちらにも伝わってくる〉ようなものであり、論文には〈～永遠に愛するNへ捧ぐあなたが忘れてはならない者より～〉と書かれていた、という事実が示されるに及べば、擬似的近親相姦とまでは言えないもののかなり背徳的な義姉義弟関係が存在していた（あるいは、いる）ことは確かなのであり、〈四人の登場人物からなる、まったくもって「美しい」お話です。〉（前田塁「ユリイカ」04・2）などとは決して言えない、濃い部分を背後に潜ませているはずなのだ。

　そうした中でタイトルの言う〈博士の愛した数式〉とは何かと言えば、一見〈「すばらしい。なんて美しい式なんだ。すばらしいよ、ルート」〉と博士が絶賛する〈5×9＋10＝55〉であるかにも見えるし、〈博士との短い付き合いの中で、知らず知らずのうち、私は数字や記号に対し、音楽や物語に対するのと同じような想像力を働かせるようになっていた。そのごく短い数式には、見捨てておけない重量感があった。〉という部分に照らせば、作中幾つも示される数式の全てだとも思われようが、〈以降ずっと、ルートの写真が色褪せてからも尚、私は博士のメモを捨てずに持ち続けている。オイラーの公式は私にとって、支柱であり警句であり宝物であり、形見だった。〉と繰り返される、オイラーの公式（$e^{\pi i}+1=0$）のことだとすべきだろう。

さてしかしそのオイラーの公式であるが、（無限に続くeとπ、目に見えない想像の数i、というそれぞれに登場人物を代入して作品を様々に解読する誘惑に駆り立てつつ）、〈博士の愛した数式によって義姉の態度を一変させた意味が具体的には不明なままにされているのはもの足りない。〉（高原英理「文学界」03・11）という評価もあるとおり、そこに籠められた象徴性は分かりにくいものになっている。しかしその解釈は措いて、注意すべきなのは、あの場面で数式が提示されて博士と二度と会えなくなる危機が回避されたのも、その意味が（後に図書館で調べて理解に及ぶ〈私〉にではなく）義姉によってこそ理解されたからだということである。博士と未亡人との間にはこの公式をめぐる（読者には最後までその意味が隠される）暗黙の会話が交わされていたのであり、彼らの間にはその解釈コードを共有するような濃密な愛の記憶が（八〇分しか記憶が持続しないという記憶機能の障害とは対照的な形で）実は今も保持されているのである。〈かつて体に沁み込んだ数学的興味と知識だけは失われていないという点〉（清水良典「ユリイカ」04・2）が注目され、〈新しい記憶を持たないことによって、博士は数式の博物館の完璧な住人になれる。数学という抽象の世界に住むことが出来る〉（前掲川本論）という具合に、博士には数学だけの純粋な記憶が残ったかに理解されがちであるが、作品終結間際に〈「私がおります。義弟は、あなたを覚えることは一生できません。けれど私のことは、一生忘れません」〉と未亡人が〈私〉に語るとおり、交通事故以前の記憶が博士にそのまま残っているのであれば、義姉との記憶は毎朝鮮明に、したがって残酷に彼に蘇るはずなのだ。

〈私〉は迂闊にも博士の毎朝の衝撃に気づいていなかったことを次のように悔やんでいる。

毎朝、目が覚めて服を着るたび、博士は自分が罹っている病を、自らが書いたメモによって宣告される。さっき見た夢は、昨夜じゃなく、遠い昔、自分が記憶できる最後の夜に見た夢なのだと気付かされる。昨日の自分は時間の淵に墜落し、もう二度と取り返せないと知り、打ちひしがれる。ファールボールからルートを守ってくれた博士は、彼自身の中では既に死者となっている。毎日毎日、たった一人ベッドの上で、彼がこんな残酷な宣告を受け続けていた事実に、私は一度も思いを馳せたことがなかった。

しかしその自身の記憶の非持続性への苦悩とは別に、あるいはそれがさらに増幅させるような形で、義姉との今となっては不可能な愛の苦悩を博士は繰り返すのである。母屋の老婦人が禁断の愛の相手である義姉だと認知することにより、過去の最愛の義姉の記憶と眼前の老婦人とのギャップ、それ以上に（交通事故時に車に同乗しているような）愛の至福の時から突然の老耄の今に突き落とされ、愛の不可能性を思い知らされる、謂わば玉手箱体験とも言うべきものを毎朝博士は繰り返しているはずなのである。

ここをもって大きく小川洋子の世界が変質したかに言われ、〈かつてのなまなましいフェティシズムや透徹した冷ややかさは息を潜め、ここでは思いやりにあふれた暖かさが全篇を支配している〉（前掲伊藤論）かに言われる『博士の愛した数式』であるが、『博士の愛した数式』の中には、それ以前と同じまさしく小川洋子的な、生々しく残酷な部分もまた、美しい数式の中に埋もれながらも紛れもなく存在しているのである。

（武蔵野大学教授）

『ブラフマンの埋葬』のリアル——峰村康広

〈夏のはじめの〉ある朝、〈僕の元にやってきた〉小さな生き物、ブラフマン。やせ衰え何かに追われて傷ついた体を〈僕〉に委ね、その〈温もり〉を受け取る〈僕〉。癒し癒されることから始まるこの物語は、その出会いからブラフマンの突然の死によって中断されるまで、ほとんど両者の関係で完結していると言い得る。ブラフマンは〈僕〉の言葉を聞き、〈僕〉はブラフマンのことを理解しようとする。人間と人間ならざるものとの交感。ありふれた言い方かもしれないが、作品のテーマ（そんなものがあればの話だけれど）をひとまずそう言っておくことができる。というのも、これまでの小川洋子の作品の中で人間と人間ならざるものとの関係を描いた作品はないからである。もっとも、ありていに言えば小川作品の熱心な読者でない私はよく知らないのであるが、もちろんまったくないわけではない。例えば「夕暮れの給食室と雨のプール」の〈ジュジュ〉（犬）、「ベンガル虎の臨終」の〈虎〉、『偶然の祝福』の〈アポロ〉（犬）などを挙げることができるだろう。しかしながら、これらの動物たちは人間たちの随伴者的な存在か点景として描かれはするものの、人間ならざるものたちとの濃密な関係それ自体が必ずしも作品の中心をなしているわけではない。とするなら『ブラフマンの埋葬』はメルヘン的世界？　一瞬そんなことをイメージしかけるが、事はそう単純ではない。もしそうであるなら、ブラフマンが〈僕〉に人語で話しかけたっていいはずだし、あるいは〈僕〉が森の奥にあるブラフマン族の世界に招待されるなどといったことが語られたとしてもいいはずである。ちょっと単純か。

だが作品は思ったよりリアルである。〈村〉には鉄道や車が走り（文明）、森の中の水脈をめぐって〈泉泥棒〉と呼ばれるあまりにもベタな土地開発会社まで現れる。一見平穏なこの世界の中にもバブル経済の余波が確実に入り込んでいることに気づかされる。したがって人間ならざるブラフマンもしゃべらない。だいたい彼が死ぬ間際に漏らす〈小さな悲鳴〉を聞くまで、〈僕〉はブラフマンの声すら耳にすることがないのだ。だからブラフマンもまた死ぬ。死は我々が直面しなければならない重い現実のうちの一つだが、それが全てを無に帰してしまう現象であるとするなら、〈僕〉がブラフマンの〈尻尾〉〈眠り方〉〈食事〉〈足音〉等、その細部（リアリティー）にこだわって、彼の「生態」を物語とは別にゴチック体で書き付けていくのも、ブラフマンなる生き物が確かにこの世に存在したことを必死に明かそうとする行為であるように思われる。言葉を換えて言えば、失われたものの存在を明かし立てようとすればするほど死が現実のものとして認識されざるを得ないことを物語っている。

ところで賢明な読者はお気づきだろうが、本編の主人公ブラフマンはおそらく我々がよく知る生き物の類ではない。犬や猫といった愛玩動物ではましてない。作品の中では一般名で呼ばれることは一度もないのである。その代わりブラフマンと名づけられることで初めて「この世界」に組み入れられる。

なるほど斉藤環が言うように、ブラフマンとはヒンドゥー教の最高神の名である。けれども注意して読めば、作品の中ではその意味は碑文彫刻師によって〈謎〉だとされている。ブラフマンとはだから、得体の知れないこの生き物（＝謎）のありようをそのままに表していると見るべきだろう。

名前以上に注目されるのが作品の中に描かれた空間である。〈村〉、〈〈創作者の家〉〉、古代墓地の丘。作品はこれらの空間が組み合わされる形で成り立っている。たとえば〈〈創作者の家〉〉はこんなふうに説明されている。

〈創作者の家〉は村の中心から車で南へ十分ほど走った、田園の中にある。畑と草地が広がる風景の中に、所々こんもりと茂った林があり、たいていその中に一軒ずつ農家が建っている。このあたりの土地特有の季節風を避けるためだ。〈創作者の家〉はそうした古い木造の農家を改造して作られた。

元はある出版社の社長が別荘として使っていたのだが、彼の死後、遺言により、あらゆる種類の創作活動に励む芸術家たちに、無償で仕事場を提供するための家、に生まれ変わった。

〈僕〉はその〈住み込みの管理人〉であり、雑用の〈すべてを〉こなすのだが、そうした〈〈創作者の家〉〉では〈皆遠慮はいらない〉し、〈何もかもが自由〉である。〈自分は芸術家だ、と名乗りさえすれば、誰でも宿泊できる〉。いわば〈〈創作者の家〉〉は一種の非日常であり祝祭的空間――ハレの場を形作っているといえよう。

これに対して〈村〉は例えばこう語られている。

月曜日、雑貨屋が荷物を配達に来た。村の駅前にある小さな店だが、電話さえすれば毎週決まった曜日に、洗剤でも灯油でも文房具でも、何でも届けてくれる。

雑貨屋が運んでくるのは〈洗剤〉、〈灯油〉、〈文房具〉など、〈何でも〉である。見ればわかるように、この〈何でも〉はしかし生活用品に限られる。しかもそれは決まった曜日に運ばれる。〈村〉はある一定のリズムを持っているのである。これは何を意味するのだろうか。言うまでもない。日常である。〈〈創作者の家〉〉が非日常の空間、ハレの場であったとすれば、〈村〉は日常の空間、ケの場であると言える。それだけではない。〈村〉は鉄道によって町とつながっており、常に人・モノ・情報が行き交う。これら人・モノ・情報は経済活動を生み出すだろう。我々の日常生活がこうした経済活動によって作動していることについては言を俟たない。

とすれば、古代墓地の丘が何を意味しているかはもはや明らかだと思われる。〈火葬が普及していなかった時代、この国の実力者たちは死後の世界でも豊かに暮らせるよう、豪奢な石棺を求めた〉。〈時代が下るにつれ、庶民の中にも自分の愛する人を石の棺に納め、魂を永遠のものにしたいと願う人々が現れた〉。ところが重い石棺を運ぶことが困難だと知った人々は死体を木棺に入れ川に流した。つまり〈死体の方を運〉んだのだ。〈それを引き上げ、石棺におさめ、家族に代わって葬る〉のが埋葬人である。そうして彼らは〈村の一番南側、丘を一つ越えれば海という斜面に〉埋葬した。そこが〈古代墓地〉である。

棺はみな蓋が外れてしまっている。すぐ脇に落ちているのもあれば、なくなっているのもある。そして中に納められていたはずの死者の姿も、消え去っている。

彼らは皆、どこへ行ってしまったのだろう。遺体を飾る宝石や豪華な織物と一緒に持ち去られたのだろうか。それとも長い時間を掛けて、骨の髄まですべて、蒸発してしまったのだろうか。

今そこに残っているのは、わずかな雨水だけだ。雨水にはボウフラが湧き、落ち葉が浮かび、カモメの糞が沈んでいる。

現在の〈古代墓地〉のありさまであるが、棺の蓋はみな外れ、〈中に納められていたはずの死者の姿も、消え去っている〉。あまつさえ石棺は雨水に浸され、〈ボウフラが湧き、落ち葉が浮かび、カモメの糞が沈んでいる〉。たしかにここでは、かつて〈古代墓地〉が纏っていたであろう神秘性が剥ぎ取られ、モノとしての石棺がむき出しにされ放り出されている。だが〈無造作に、好き勝手な向きにいくつもいくつも転がって〉いる棺は、あたかも〈行く手を阻む迷路のよう〉である。しかもある境界を越えると〈古代墓地〉は別の相貌を見せはじめる。例えば雑貨屋の娘が、恋人である町からやってくる保健所の役人の男と会うたびに上っていく〈古代墓地の一番奥まったところ〉にある〈ほこら〉は、〈そこまでやって来る人はほとんどいない〉。〈埋葬人に引き上げてもらえず、海に流されてしまった人々の幽霊が出ると噂されているから〉である。〈幽霊たちは丘を登ってくる者を海に引きずり落とし、自分の身代わりとし、長年の無念を晴らしてほこらの石棺に潜り込もうと待ち構えている〉。そこが単に埋葬地であるというだけではない。人間の侵入を拒み、その限界を越えれば〈幽霊に海へ引きずり込まれる〉。そのような意味でも古代墓地の丘は禁忌の空間、ケガレの場、したがってまた非日常の空間なのである。

今、〈〈創作者の家〉〉をハレの場、古代墓地の丘をケガレの場であると指摘した。しかしながら、それらの世界はそのまま完結しているわけではない。すでに見たように、〈〈創作者の家〉〉には常に雑貨屋が日常を運び込むことによって祝祭的な空間に亀裂が走る。他方、〈古代墓地は〉〈ほこら〉の中で雑貨屋の娘と保健所の男が睦みあい——現実的な男女関係が持ち込まれ、その最もタブーとされる空間に楔を打ち込む。日常が忍び込むことによって非日常の空間が相対化されてしまうのである。そうした亀裂は次のブラフマンをめぐる〈僕〉と雑貨屋の娘の会話に端的に表れているのではあるまいか。

「だいいち、規則違反じゃない。森の動物をこっそり飼うなんて」

「〈創作者の家〉に、そういう規則はないと思うけど」

「違うわ。社会の法律よ。その友だちはね、元は生物の先生だから、動物には詳しいの。彼が知ったら、きっと捕まえに来るわよ」

娘は〈社会の法律〉を主張し、〈僕〉は〈〈創作者の家〉〉の「原理」をそれに対置させる。〈法〉は科学であり現実であり日常を意味する。対して〈創作〉は芸術であり祝祭であり非日常である。〈僕〉がブラフマンとの内密な関係を打ち明けようとした瞬間、それを娘が拒絶する。自分たちの非日常の世界と親和することを求めようとしたとき、娘の日常がそれを拒むのである。このときメルヘン的世界に亀裂が走る。それゆえ雑貨屋の娘が運転する車によってブラフマンがひき殺される作品のクライマックスは象徴的である。「ブラフマンの埋葬」は童話的おとぎ話的世界が作られようとする瞬間に日常性によってそれが突き崩されるという方法が採られているように思われる。

なにも小川の作品がつまらないと言いたいのではない。むしろ逆である。柘植光彦も言うように、これまで小川洋子の作品は〈現実と幻想がボーダーレスなかたちで交錯する世界〉〈死者の世界と生者の世界の交感〉を描いていると指摘されてきた。むろんこの作品でもそのような世界は確かに描かれている。けれども見てきたように作品は、思った以上に非日常性を拒否している。日常のダイナミズムによって非日常性を突き崩してしまうこと。『ブラフマンの埋葬』に見て取ることができるのはそうしたリアリズムであり、同時に小川洋子の「冷ややかな」眼差しなのではないだろうか。発展史観めいた言い方をすれば、もし最新作が作家のその時点でのクオリティーの高さを物語っているとするのなら、ここに小川洋子の一つの可能性が示されていると言い得る。

（北豊島中学高等学校非常勤講師）

『アンネ・フランクの記憶』——『アンネの日記』との幸福な出会い——石嶋由美子

『アンネの日記』と聞いて、まずいちばん最初に思い浮かぶのは、アンネ・フランクが微笑んでいる写真である。肩にかかる黒髪と大きな瞳が印象的な少女が、まっすぐな視線をこちらに向けて微笑んでいる。その写真はとても明るい。やがて少女がたどる運命の暗さを、微塵も感じさせないほど輝いている。

小川洋子が、『アンネの日記』と出会ったのは、中学一年生のときだったという。『アンネの日記』を、彼女は〈はじめから一つの純粋な文学〉として読み、〈言葉とはこれほど自由自在に人の内面を表現してくれるものなのか〉という驚きと喜びを感じ、すぐにアンネの真似をして日記をつけ始めたという。〈わけもなくただひたすらに書きたいという欲求が、自分の中にも隠れていることを発見した。あの時わたしは、生きるための唯一、最良の手段を手にいれたのだと思う〉と、アンネとの出会いを書いている。

一般的に『アンネの日記』は、反戦や人種差別反対を唱える文学として読まれることが多い。ナチス・ドイツに迫害されたユダヤ人、という構図ばかりが取り上げられ、ややナイーブな感じで受けとめられている。ホロコースト文学として位置づけられており、どちらかと言えば内容よりもその存在が重視される傾向にある。小川洋子のように、〈一つの純粋な文学〉として『アンネの日記』を読むことの出来た人は、実は意外と少ないという気がする。私も含めて多くの人は、アンネの人生の悲劇的な面ばかりに気をとられて、『アンネの日記』そのものの文学性には気づくことができない。たぶん、小川洋子は読者として『アンネの日記』といちばん幸福かたちで出会えたのではないだろうか。

『アンネ・フランクの記憶』は、小川洋子が、作家としての原点でもある『アンネの日記』について思いを馳せながら、アンネ・フランクゆかりの地を訪ねる紀行文である。物語の世界はすべて頭の中だけで作り上げ、小説を書くために取材へ出掛けることはないという小川洋子にとって、今回の旅行は特別な出来事であったと思われる。旅に出ることを彼女に決意させたのは、〈わたしは今でも生きて、言葉の世界で自分を救おうとしている。そのことをアンネ・フランクに感謝したい気持ちでいる〉という、アンネへの純粋な思いであった。アンネと同じ風景の中へ入ることによって、生きていたらアンネがつむぎだしていたであろう言葉たちの残像を、少しでも感じとりたいという願いを込めて旅立つのだと。

旅は、『アンネの日記』の書かれた場所である、フランクフルトのアンネ・フランク・ハウスへと向かうところからはじまる。ここは、アンネが秘密警察の手によって強制収容所へと送られるまで、二年間隠れ住んだ家である。午前九時の鐘の音を聞き、隠れ家へと続く回転式本棚を見ながら、小川洋子は『アンネの日記』に書かれた隠れ家の描写を強く意識する。

今回の旅は、アンネゆかりの地をたずねることと、もう一つは『アンネの日記』に登場する、アンネと親しかった人たちに会うことであった。アムステルダムでは、アンネの親友で〈お別れの手紙〉を受け取ったジャクリーヌさんに会う。ジャクリーヌ〝ヨーピー〟・ファン・マールセンは、『アンネとヨーピー　わが友アンネと思春期をともに生きて』の著者である。小川洋子は、ジャクリーヌさんが受けた心の痛手を気遣いながら、言葉を選んで会話を続けていく。それでも、別れ際まで自分が配慮のない会話をしてしまったのではないかと思い悩む。そして次に、今回の旅行の最大の目的である『思い出のアンネ・フランク』の著者、ミープ・ヒースに会う。ミープさんは、アンネたちが秘密警察に連れ去られた後、隠れ家から『アンネの日記』を拾い集めた人であり、今では八十五歳の老婦人ではあるが、『アンネの日記』に書かれていた頃を髣髴とさせる美しさと強い意志の持ち主である。〈日記はアンネの命そのもの〉というミープさんの言葉を聞き、日記を命と同じに扱ってくれる人がそばにいたことの幸運を、小川洋子は我が事のように喜ぶ。『アンネの日記』の中の有名な一説〝わたしの望みは、死んでからもなお生き続けること！〟というアンネの願いはミープさんによって救われ、その魂が永遠に存在し続けていることに深く感謝する。

アンネの足跡をたどる旅は、アンネが死へと向かう道程を追体験することでもある。やがて、小川洋子はアンネが最後を遂げた場所、アウシュヴィッツへと向かう。奇妙なことだが、人工的な規則性を持つ強制収容所は、一見しただけでは美しいとさえ感じられる場所だった。だが、強制収容所内部には、言葉を失うほどの異常で悲惨な光景があった。メガネの山、ブラシ類の山、腕に刻まれた入れ墨（識別番号）の写真、V・Eフランクルが『夜と霧』の中で蚕棚ベッドと表現した寝床。トランクの山、靴の部屋、髪の毛の部屋、丸い穴がいくつもあいた細長い板が三列並んで渡してあるだけのトイレ。それは、小川洋子に、泣くこともできず祈ることさえむなしいと感じさせるほど圧倒的な光景だった。

『アンネ・フランクの記憶』は、作家である小川洋子のルーツといえる本である。波乱に富んだストーリーはないが、その静かな筆致は深く心にしみ込む。アンネ・フランクへの、共鳴と深い愛情が全編を貫いている。そのせいだろうか、『アンネ・フランクの記憶』は不思議な温かさを感じさせてくれる。アムステルダムへ向かう飛行機の中で子供をあやす母親へよせる共感。アンネ・フランク・スクールで出会ったはにかみがちな少女への優しいまなざし。高齢のミープさんの暮らしぶりを思いやる気持ち。アウシュヴィッツへ送迎してくれたタクシーの運転手さんの笑顔。アンネの足跡をたどる旅は、アンネの死を強く意識する旅であり、アウシュヴィッツに象徴されるような、重苦しく暗い記憶の残る場所を直視しなければならない。それにもかかわらず、『アンネ・フランクの記憶』は、温かいと感じる場面ばかりがなぜか深く印象に残る。その根底にあるのは、小川洋子がアンネ・フランクという少女へ寄せる祈りにも近い感情だろう。

小川洋子の小説の特徴として、身体への凝視をあげる人は多い。小川洋子の作品の多くは、閉じられた空間の中で、人間存在そのものを凝視するという傾向がある。だが、『アンネ・フランクの記憶』は、一見、他の小川洋子作品とは違うように感じられる。それは、小説ではなく紀行文であることや、登場人物は皆良い人ばかりという、善意に満ちた世界観のせいかもしれない。しかし、常に自己の内面を描いていくという点では、他作品とまったく変わらないのである。『アンネ・フランクの記憶』の冒頭で、小川洋子は、今回の旅が反戦や人種差別反対などの思想とは違うことを断っている。『アンネの日記』に対する偽作疑惑や親ナチス思想という問題、あるいは反戦や人種差別といった思想すらそこには介在しない。それは言い換えれば、外部は存在しないということではないだろうか。『アンネ・フランクの記憶』は、アンネの心にのみ寄り添う、恐ろしく生真面目な紀行文なのだ。外部のない閉じられた空間の中で、ただひたすらにアンネのことを思い、自分の内面を言葉にしていく作業が続けられる。過酷な状況下でも現実から目をそらさなかった人たちに会い、その対極ともいえるアウシュヴィッツを訪れる。小川洋子の、人間存在そのものを凝視する視点は揺るがないのである。

（日本文学研究者）

妖精が舞い降りる深き心の底

――エッセイ集『妖精が舞い降りる夜』『深き心の底より』――

山﨑眞紀子

妖精のように軽やかに、それでいて物語を次々と紡いでいく底知れぬ力を持つ物語の精霊・小川洋子。彼女の作品の底に流れる静謐さ、その源を辿りたいと思うならば二冊のエッセイ集を覗いてみるのもよいだろう。

＊

一九八八年から一九九三年にかけて発表された随筆類を集めた初のエッセイ集『妖精が舞い降りる夜』（角川書店、93・7）で特に印象に残るのは、「輪郭と空洞」（初出「海燕」91・3）である。

小川はある日、電車の中で出会った〈魅力的な〉少女に魅せられる。その理由は、彼女の着ていたブラウスの胸元に刺繍された白いレースにあった。その美しいレースに目を奪われた小川は、〈自分が見とれているものは、レースの模様ではなく、実は彼女の肌の美しさなのかもしれない、と気づいた。〉と、〈糸の通っていない空洞の部分〉に魅せられたことを綴っている。

〈選ばれた言葉たちは輪郭を作り出し、切り捨てられた言葉たちは空洞を生み出してゆく。このふたつの作用は、レース模様の表と裏のように、優劣なくイコールで結ばれている気がする。空洞だからと言って、形あるものに劣るわけではない。〉と語る小川は、自らの作品が持つ妖しい魅力を口惜しいほどに言い得ている。〈目に見えないはずの内面を、何とか言葉にしようとする〉（「傲慢な比喩」、初出「中国新聞」91・4・5）ことが小川にとっての小説という営為と規定しているが、見えないはずの内面を言葉という糸で編み出したときに、言葉にならなかったものたちは消え去るのではなく、日常生活のありふれた一場面の裏側に潜むひそやかな深みを〈空洞〉として透かして見せているのだ。小川洋子作品の魅力は、この空洞にある。

空洞といってものっぺらぼうの漠然とした空間ではない。例えば、小川洋子の引用するレイモンド・カーヴァーの小説『収集』の一節〈私たちの人生において、私たちは毎日毎晩、体の一部をちょっとずつ落としていくんです。ひとかけら、またひとかけらとね。それらは、そういった私たち自身の細かな断片はいったいどこへ行くのでしょうか。〉（村上春樹訳）（「乳歯と盲腸」初出「新潮」93・1）という問いかけの先にある、断片がふと落下していく集積所ともいうべき空間である。

小川洋子は小説の中に記憶（歴史）の集積所とも言える図書館や博物館を登場させることが多いのも、この〈空洞〉と密接な関係があるのではないか。いくら図書館や博物館が静謐であろうと、無人の図書館や博物館はない。そこには必ず司書や学芸員がいるし、また、そこにある書物は人間が生み出したものであり、展示物もまた人間が収集したものである。人間と密接に関係がありながら、その人間の持つ生々しい肉体性は不思議と消えている。体の一部からひとかけら落ちていく先、それが小川洋子の言うところの〈空洞〉である。

それでは、この〈空洞〉を別な言葉で表現するとしたら、どのような言葉になるであろうか。二冊目のエッセイ集『深き心の底より』（海竜社、99・7）を見てみよう。本書は、一九九四年から一九九九年までに発表された随筆類を集めたもので、題名は西田幾多郎の一首、「わが心深き底あり喜も憂の波もとゞかじと思ふ」からとられたものである（「『深き底』を見据える」、初出「私の好きな歌」、「新潮」98・1）。

小川はこの歌を文字からではなく祖父の声による耳から覚えたという。それも小学校四、五年生頃という、まさに「心」というものを考え始める時期に出会ったことは大きいだろう。祖父から孫娘に伝えられた歌。それは生の根源を問いかけ、祖父の持つ記憶と内省された思想が、祖父の身体を通して、孫娘に継承されていった。小川が十歳ぐらいの時に亡くなったという金光教の教師だった祖父は、若き日に大病を患い生死をさまよったことがあるという。喜びも憂いも届かないという心の底。小説を書くということが、この心の底に降りて行き、身を委ね、まるで巫女のように言葉を汲み上げていく作業だとすれば、先ほど挙げた〈空洞〉とは、西田幾多郎の言う〈心の底〉と言うこともできよう。そして、それは小川個人が所有する限定された〈心〉ではなく、もっと普遍的で、許された人のみが降り立つことのできる〈心の底〉なのである。許されたというのは特権的な、という意味ではない。誰しもが持っているであろう心の深淵に対し、その存在に早くから気づき、そこに何があるのかを怖れずに正面から見据えていこうと覚悟し得た人のことである。

清水良典は〈小川洋子の小説は全てが、未完の、今もまさに築かれつつある巨大な標本室であり、博物館であるといえそうな気がする。〉(「ユリイカ」04・2)と指摘しているが、標本室にせよ、博物館にせよ、共通しているのは、かつては生きていたもの、もしくはかつてはその時代と有機的に関わっていたモノ、そして、いずれもいまは終わってしまったもの、ということだ。つまり、すでに生き物は息をしていないし、モノは例えば戦場で血を浴びた鎧や兜は今の時代と無機的にしか関わっていない。前述したレースと肌の関係のように死を通して生を見ていく小川は、いまは終わってしまったものが、いかに私たちの〈心の底〉を窺い知るうえで不可欠なものなのかを熟知しており、そのために標本室や博物館を作らずにはいられないのであろう。

小川の初の愛読書は家庭の医学事典だったという(「初めての愛読書」、初出「日当たりの悪い家」「文学界」98・2)。大学卒業後に出版社勤務がかなわず、奇しくも大学病院の秘書室に勤務することになったが、このときの〈秘書室に漂う死の感触が、小説を書かずにいられない気持ちにした〉(「秘書時代」、初出「日本経済新聞」夕刊、99・4・26)と語っているように、死は常に人を心の深淵へと立ち向かわせることは確かであろう。サン＝テクジュペリに触れているエッセイでも、〈彼がそんなにも空を飛びたがったのは、逃げるためではなく、やはり目に見えないものを見ようとしたからではないだろうか。宙に浮かび、空を漂い、死に近づけば近づくほど、死とは正反対のはずの、生きることの真理が見えてくる。〉とも述べている(「見えないものを見ようとした」、初出「中国新聞」94・6・21)。

もちろんレースの装飾を際立たせるために肌の美しさが必要であり、生を明らかにしたいために死を見つめるという、便宜的に二項を対比させているわけではないことは、たとえば「冷めない紅茶」を例にとるまでもないだろう。生の真理を解き明かすためという、ある片方にのみ立脚して見ようとするエゴイスティックなまなざしが1%もないのは、小川洋子の作品を読めばわかるはずだ。両者がどちらもつながっており、それを有機的にとらえることで、今まで見えなかったものが初めて見えてくる世界を小川は描く。小川は言う。〈小説を書いている時、私はいつでも過去の時間にたたずんでいる。昔の体験を思い出すという意味ではなく、自分がかつて存在したはずなのにいまやその痕跡などほとんど消えかけた、遠い時間のどこかに、物語の森は必ず茂っているのである。〉(「言葉の石を一個一個積み上げてゆく」、初出題名「小説を書く」「日本経済新聞」夕刊、99・4・5)と。エッセイの魅力は、その人の持つ独特の感受性や視点が感じられるところにあろう。つまり、書き手の人間の魅力そのものがエッセイに反映される。小川洋子が物語を生み出す森は、なんと豊かに生い茂っているのだろう。

(札幌大学助教授)

小川洋子 主要参考文献

小柳しおり

雑誌特集

「月刊カドカワ」（93・6）「小川洋子自身による小川洋子スペシャル」

「ユリイカ」（04・2）「特集＊小川洋子」

論文・評論

越智悦子 「「完璧な病室」―閉じた世界と開かれた世界―」（「岡大国文論稿」91・3）

笠井　潔 「自意識と女性」（『NEW FEMINISM REVIEW VOL.2 女と表現・フェミニズム批評の現在』学陽書房、91・5）

渡部直己 「凹凸の退廃　フェミニズム批評を待ちながら」（「すばる」91・12）

小林昌廣 「均質化の先取　小川洋子『完璧な病室』」（『病い論の現在形』青弓社、93・5）

野村昭子 「メビウスの時間を歩く者　小川洋子「冷めない紅茶」考」（「群系」95・8）

布施英利 「〈脳の中のブンガク　5〉 小川洋子の「人体」」（「すばる」96・2）

大塚真祐子 「「小川洋子」論」（「日本大学芸術学部　文芸学科優秀卒業論文・制作（平成九年度）」98・4）

岡　友美 「小川洋子論―「違和感」―について」（「湘南文学」（東海大学日本文学研究会）99・3）

加藤純一 「〈現代文学にみる「食」　第八回〉小川洋子著「シュガータイム」」（「食の科学」01・4）

片岡ふみ子 「〈物語〉は誘惑する―小川洋子論序説―」（「藤女子大学国文学雑誌」01・12）

髙根沢紀子 「小川洋子の文学世界」（「上武大学経営情報学部紀要」01・12）

髙根沢紀子 「〈作家と作品〉想像する力―小川洋子作品の魅力」（「国語教室」03・11）

髙根沢紀子 「小川洋子「妊娠カレンダー」論」（「上武大学経営情報学部紀要」03・12）

斎藤　環 「〈文学の徴候　14回〉増殖する欠損」（「文学界」04・3→『文学の徴候』文芸春秋、04・11）

吉澤由佳 「小川洋子試論―「薬指の標本」考―」（「青銅」（東京学芸大学近代文学ゼミ）05・3）

書評・解説・その他

色川武大／大庭みな子／田久保英夫／立松和平／古井

由吉「第七回「海燕」新人文学賞　選後評」（「海燕」88・11）
中野孝次／菅野昭正／坂上　弘「創作合評　第160回「完璧な病室」小川洋子」（「群像」89・4）
中村えつこ「新しい人間の交わり啓示　情感削ぎ落としたアンドロイド的叙情」（「図書新聞」89・10・14）
山口哲理「〈LIVRES　今月の本〉小川洋子『完璧な病室』を読む」（「marie claire」90・2）
川村二郎「〈文芸時評〉あいまいな生と死の境」（「朝日新聞」夕刊、90・8・28）
三浦雅士「〈新刊繙読〉夢の不安『冷めない紅茶』小川洋子（福武書店刊）」（「海燕」90・10）
川村　湊「〈今月の文芸書〉『冷めない紅茶』小川洋子」（「文学界」90・10）
高橋源一郎「〈文芸時評〉文学の純粋性「シュガータイム」小川洋子　書かないことで守り　書くことで失うもの」（「朝日新聞」夕刊、91・2・26）
河野多恵子／黒井千次／田久保英夫／大江健三郎／日野啓三／大庭みな子／丸谷才一／吉行淳之介／古井由吉／三浦哲郎「第104回平成二年度下半期芥川賞決定発表　妊娠カレンダー　小川洋子　芥川賞選評」（「文芸春秋」91・3）
小山鉄郎「新芥川賞作家　特別インタヴュー「文学者追跡」特別版　小川洋子「至福の空間」を求めて」（「文学界」91・3→『文学者追跡』文芸春秋、92・6）
秋山　駿「〈週刊図書館〉妹の悪意のストーリーだが……自己否定的なユーモアに欠ける主人公　小川洋子『妊娠カレンダー』」（「週刊朝日」91・3・15）
——「深い感性秘めつつ、日常へ〝毒〟」（「読売新聞」91・3・18）
増田みず子／高橋源一郎／井口時男「創作合評　第184回「夕暮れの給食室と雨のプール」小川洋子」（「群像」91・4）
松浦　泉「〈すばる今（imagine）人〉小川洋子」（「すばる」91・4）
川村　湊「〈げんだいライブラリー〉小説『妊娠カレンダー』　小川洋子著〝ゆがみ〟〝ひずんだ〟世界の恐さと懐かしさを湛えた作品」（「週刊現代」91・4・6）
中沢けい「なつかしさ生む受賞作　妊娠カレンダー　シュガータイム」（「朝日新聞」91・4・7）
与那覇恵子「「ひそやかな」ものへの親和　小川洋子著　妊娠カレンダー　シュガータイム」（「週刊読書人」91・4・15）
千葉俊二「「小川洋子」」（長谷川泉編『〈国文学解釈と鑑賞

別冊〉女性作家の新流』至文堂、91・5）
野谷文昭 「〈図書館 今月の本〉『シュガータイム』小川洋子著 熱や苛立ちの欠如した平穏感覚の青春小説」（「月刊Asahi」91・5）
小田島雄志 「〈中公読書室〉小川洋子『シュガータイム』」（「中央公論」91・5）
川村 湊 「〈今月の文芸書〉『妊娠カレンダー』小川洋子」（「文学界」91・5）
雨宮慶子 「個の〈変性〉の機会を促してゆく難儀な事態への傾斜」（「図書新聞」91・5・4）
笠井 潔 「個別的なるものの氾濫 『恋愛小説の陥穽』三枝和子『妊娠カレンダー』小川洋子」（「海燕」91・6→『終焉の終わり 1991 文学的考察』ベネッセコーポレーション、92・3）
平岡篤頼 「解説」（『完璧な病室』福武文庫、91・12）
川村 湊 「〈げんだいライブラリー〉小説 『余白の愛』小川洋子著 〝耳鳴り〟と〝無音〟に苦しむ若い女性 病める魂が見た現代人の孤独と疎外」（「週刊現代」91・12・14）
川村 湊 「〈今月の文芸書〉「余白の愛」 小川洋子」（「文学界」92・2）
吉本隆明 「イメージ論 1992 現在への追憶」（「新潮」臨時増刊号、92・4→『現在はどこにあるか』新潮社、94・12）
芳川泰久 「今、多くの小説が安易な寓意性へと傾斜しすぎている」（「図書新聞」92・6・27）
三枝和子／青野聰／絓秀美 「創作合評 第200回「薬指の標本」小川洋子」（「群像」92・8）
絓 秀美 「〈文芸時評〉ファロクラシーの異化と同化」（「すばる」92・8）
加藤典洋 「解説」（『冷めない紅茶』福武文庫、93・6→『少し長い文章』五柳書院、97・11）
三浦雅士 「〈週刊図書館〉同世代の短編集二冊 心情の悲哀で「現実」をやり過ごす屈折 『とかげ』吉本ばなな 『アンジェリーナ』小川洋子」（「週刊朝日」93・7・2）
柘植光彦 「解説」（『余白の愛』福武文庫、93・11）
高橋敏夫 「嫌悪する小説―多和田葉子と小川洋子」（「早稲田文学」93・12→『嫌悪のレッスン』三一書房、94・6）
松村栄子 「解説」（『妊娠カレンダー』文春文庫、94・2）
三枝和子 「軽やかに展開する消滅感覚 小川洋子著 密やかな結晶」（「読売新聞」94・2・21）
富岡幸一郎 「密やかな結晶 小川洋子著 存在も記憶も消え去る不安」（「日本経済新聞」94・2・27）

原口真智子「〈書評〉消滅する「わたし」 小川洋子『密やかな結晶』」（「群像」94・3）
水田宗子「〈消滅〉と〈密室〉の物語 小川洋子著『密やかな結晶』を読む 不気味な空洞を埋める狂気」（「週刊読書人」94・3・18）
吉本隆明「イメージ論 1994―11―自然と死の物語」（「新潮」94・4↓『現在はどこにあるか』新潮社、94・12）
千石英世「〈今月の文芸書〉小川洋子「密やかな結晶」」（「文学界」94・4）
林真理子「解説」（『シュガータイム』中公文庫、94・4）
増田みず子「〈本〉「消滅」現象への視力『密やかな結晶』小川洋子」（「新潮」94・5）
富島美子「〈本〉モノ語りの蠱惑『薬指の標本』小川洋子」（「新潮」94・12）
布施英利「薬指の標本 小川洋子著 肉体感覚、幻想的な味わい」（「日本経済新聞」94・12・11）
山崎行太郎「〈すばる Book Garden〉薬指の標本 小川洋子」（「すばる」95・1）
千石英世「〈今月の文芸書〉小川洋子『薬指の標本』」（「文学界」95・1）
高橋敏夫「小川洋子著 薬指の標本 消滅へ、ただひたすら消滅へ 小川洋子は依然として危険な作家である」（「図書新聞」95・1・14）
近藤裕子「封印という名の自己消去 はじめから失われている「わたし」 小川洋子著 薬指の標本」（「週刊読書人」95・1・20）
与那覇恵子「日本文学の現代史「癒し」と「救済」の物語」（「週刊読書人」95・5・12）
島 弘之「アンネ・フランクの記憶 小川洋子著 若い日の感銘胸に足跡たどる」（「日本経済新聞」95・10・15）
深町眞理子「〈本のエッセンス〉エッセイ『アンネ・フランクの記憶』小川洋子著 ゆかりの土地を訪ねる真摯な旅が」（「現代」95・11）
井坂洋子「対自の世界としての「出会い」 鏡に映し出された「私」もひとりの他人にすぎない 小川洋子著 刺繍する少女」（「週刊読書人」96・6・14）
小林広一「〈・現代作家のキーワード〉曖昧＝小川洋子」（「国文学」96・8）
池田雄一「作家や批評家たちの抑圧」（「週刊読書人」96・9・6）
絓 秀美／川村湊／大杉重男「創作合評 第250回 やさしい訴え 小川洋子」（「群像」96・10）

井坂洋子「〈サンデーらいぶらりぃ〉今週の三冊 欠落感にあらがう主人公たち 小川洋子『ホテル・アイリス』学習研究社」（「サンデー毎日」96・12・15）
——「〈文春図書館〉著者と60分 小川洋子『やさしい訴え』」（「週刊文春」96・12・19）
高橋敏夫「〈すばる Book Garden〉消滅のレッスン—小川洋子『ホテル・アイリス』」（「すばる」97・2）
小仲信孝「小川洋子」（榎本正樹／近藤裕子／宮内淳子／与那覇恵子編『大江からばななまで 現代文学研究案内』日外アソシエーツ、97・4）
布施英利「解説」（『薬指の標本』新潮文庫、98・1）
山崎眞紀子「【作家ガイド】小川洋子」（中沢けい／多和田葉子／荻野アンナ／小川洋子『〈女性作家シリーズ22〉中沢けい／多和田葉子／荻野アンナ／小川洋子』角川書店、98・2）
重里徹也「凍りついた香り 著者小川洋子さん 物語をこじ開けたかった」（「毎日新聞」98・5・3）
佐藤　泉「優れて批評的な小説 妖しく幻惑的な物語相互の繋がり」（「週刊読書人」98・8・28）
柴田元幸「きれいはきたない きたないはきれい 『寡黙な死骸 みだらな弔い』小川洋子」（「新潮」98・9）
小沼純一「〈文学界図書館〉大胆にしかけられた時間と空間のズレ 小川洋子『寡黙な死骸 みだらな弔い』」（「文学界」98・11）
宮内淳子「小川洋子」（「国文学」臨時増刊号、99・2）
飯島耕一「解説」（『刺繍する少女』角川文庫、99・8）
井坂洋子「解説」（『密やかな結晶』講談社文庫、99・8）
櫻井秀勲「〈現代女流作家への招待 第23回〉小川洋子・篠田節子・宮部みゆきとその作品」（「図書館の学校」00・9）
布施英利「〈週刊図書館〉『沈黙博物館』小川洋子 映像や音の情報ではない。」（「週刊朝日」00・10・27）
川上弘美「偶然の祝福 小川洋子著 「失われざるもの」がここかしこにひそみ」（「朝日新聞」01・2・18→「解説」『偶然の祝福』角川文庫、04・1）
堀江敏幸「〈本〉命の芽のきざす場所 『まぶた』小川洋子」（「新潮」01・5→『本の音』晶文社、02・3→「解説」『まぶた』新潮文庫、04・11）
蜂飼　耳「〈味読・愛読 文学界図書室〉「まぶた」小川洋子 残酷さとおかしみの絡み合う世界」（「文学界」01・7）
高根沢紀子「小川洋子」（川村湊／原善編『現代女性作家研究事典』鼎書房、01・9）

藤原智美「〈文春図書館〉小川洋子　貴婦人Aの蘇生
　猛獣たちの剥製が溢れた館で未亡人は―」（「週刊文
　春」02・2・14）
井辻朱美「〈本〉気づいている心『貴婦人Aの蘇生』
　―小川洋子」（「新潮」02・4）
武田信明「世界を密閉してゆく作業　小川洋子が構
　築する豊かで甘美な閉ざされた世界」（「週刊読書人」
　03・7・11）
清水良典「文芸時評」（「群像」03・8）
樋口　覚「博士の愛した数式、数への神秘追い小説
　に新境地　小川洋子著」（「日本経済新聞」03・10・5）
高原英理「〈味読・愛読　文学界図書室〉「博士の愛した
　数式」小川洋子　無垢の力・父親編」（「文学界」03・
　11）
近藤裕子「アイデンティティ幻想の枠組みをはるか
　に踏み破ってゆく試み　小川洋子著　博士の愛した
　数式」（「週刊読書人」03・11・14）
鹿島　茂／福田和也／松原隆一郎「〈文春BOOK倶楽
　部〉鼎談書評　6　小川洋子　博士の愛した数式
　数式の美と、阪神タイガース、淡い愛に満ちた小
　説」（「文芸春秋」03・12）
川本三郎「第55回読売文学賞　小説賞　小川洋子
　「博士の愛した数式」」（「読売新聞」04・2・1）
――「全国書店員が選んだ　いちばん！売りたい本
　本屋大賞2004大賞受賞作　小川洋子『博士の愛
　した数式』」（「本の雑誌」臨時増刊号、04・4）
中条省平「ブラフマンの埋葬　小川洋子著　乾いた
　死の匂い漂うひと夏の物語」（「朝日新聞」04・5・16）
藤原智美「〈現代ライブラリー〉ブラフマンの埋葬」小
　川洋子著」（「週刊現代」04・5・22）
清水良典「「保育記録」と欲望の埋葬「ブラフマン
　の埋葬」小川洋子」（「群像」04・6）
堀江敏幸「解説」（『沈黙博物館』ちくま文庫、04・6）
佐藤弓生「ひんやりとした読後感　死者への親和性
　に見いだされる残酷さ　小川洋子著　ブラフマンの
　埋葬」（「週刊読書人」04・6・18）
池内　紀「〈本〉たった一回きりの声『ブラフマン
　の埋葬』―小川洋子」（「新潮」04・8）
――「泉鏡花文学賞「ブラフマンの埋葬」「光あふ
　れる寓話」」（「北国新聞」04・10・21）
布村育子「〈小説・ドラマに描かれた十代―⑬〉悲しい過
　去のない孤独　小川洋子『ダイヴィング・プール』」
　（「青少年問題」05・4）

（武蔵野大学学生）

小川洋子 年譜

山﨑眞紀子

一九六二（昭和三十七）**年**

三月三〇日、国家公務員の父・本郷貴久雄、母・尚美の長女として岡山市森下町に生まれる。祖父が金光教の教師をしている教会の敷地内の離れで育つ。母方の実家も金光教を信仰していた。教会には、祖父母、伯父伯母従兄などが住み、核家族で育ったという感覚はなかったという。母は洋裁がセミプロ級で、子ども時代の洋服はすべて母の手作りであった。

一九六五（昭和四十）**年　三歳**

八月七日、弟、和道生まれる。

一九六八（昭和四十三）**年　六歳**

〈初めての愛読書〉は家庭の医学事典であり（「日当たりの悪い家―父の本棚」「文学界」98・2）、少年少女世界文学全集を毎月購読し、自分でもお伽噺を書いていた。

一九七三（昭和四十八）**年　十一歳**

六月、家を新築し、岡山市祇園町に転居。高島小学校に転校する。

一九七四（昭和四十九）**年　十二歳**

四月、竜操中学校に入学。親しい友人も作らず、いつも図書室にこもって読書する日々を送る。『アンネの日記』を読んで感動し、書くことに興味を持ち始める。

一九七七（昭和五十二）**年　十五歳**

四月、岡山県立岡山朝日高校入学。クラブ活動で弓道を始める。野球部の男子生徒に憧れ、放課後によく彼の姿を見つめていた。以来、野球観戦が趣味となる。また、現代詩に魅了され、自分でも詩を書き始める。熱中して読んでいたのは、萩原朔太郎、立原道造、大岡信の詩や万葉集など。次第に創作意欲が強くなり、現代詩やドラマ、小説などの勉強ができる早稲田大学の文芸科受験を目指す。

一九八〇（昭和五十五）**年　十八歳**

四月、早稲田大学第一文学部文芸科に入学する。小金井市にある金光教の女子寮に入り、独り暮らしを始める。郷里や両親から離れて開放的になり、テニスやスキー、コンパなど女子大生生活を満喫する。一方で、大学のサークル「現代文学会」に所属、仲間と読書会をし、議論を闘わせる。

なかでも村上春樹、金井美恵子、大江健三郎、武田泰淳などの作品を愛読。大学四年生のときに、「海燕」

新人文学賞に応募するが、第一次審査で選に漏れる。

一九八四（昭和五十九）**年　二十二歳**

大学を卒業後も小説を書く意欲をもち、東京での就職を希望して出版社を受けるが失敗。帰郷して倉敷市内の川崎医大秘書室に勤務。常に死と隣り合わせの病院という場での勤務の経験が作品に活きることとなる。

一九八六（昭和六十一）**年　二十四歳**

九月二一日、川崎製鉄勤務のエンジニアで四歳年上の小川隆生と結婚。医大を退職する。倉敷市内の社宅に住み、落ち着いて小説を書く時間ができる。

一九八八（昭和六十三）**年　二十六歳**

再度「海燕」新人賞に応募する。当初、後の『完璧な病室』の習作を投稿するつもりが、締め切りに間に合わないために、卒業制作として執筆したものを書き直して投稿。執筆に無理がたたってか、肋間神経痛にかかる。以後、ワープロを使用するようになる。十月、「揚羽蝶が壊れる時」（「海燕」11）で「海燕」新人文学賞受賞。

一九八九（平成一）**年　二十七歳**

「完璧な病室」（「海燕」3）で初めて芥川賞候補となる。八月、長男・祐樹誕生。九月、『完璧な病室』（福武書店）刊行。テレビで観たソウル・オリンピックの飛び込み競技に触発されて書いた「ダイヴィング・プール」（「海燕」12）が二度目の芥川賞候補となる。

一九九〇（平成二）**年　二十八歳**

「純粋な哀しさ」（「東京新聞」2・19）発表。三月、初めて雑誌に連載小説「シュガータイム」（「マリ・クレール」3、91・2）を書き始める。「冷めない紅茶」（「海燕」5）で三期連続して芥川賞候補となる。「小説を書きたくなる瞬間」（「新潮」4）発表。八月、『冷めない紅茶』（福武書店）刊行。九月、倉敷市玉島乙島に新居を構える。「妊娠カレンダー」（「文学界」9）で芥川賞受賞。二十代の女性では戦後初の芥川賞受賞として話題を呼ぶ。「『冷めない紅茶』とあいまいさと編集者」（「新刊ニュース」10）、「ドミトリイ」（「海燕」12）発表。

一九九一（平成三）**年　二十九歳**

一月、「妊娠カレンダー」がラジオドラマ化される（NHK・FM　1月20日放送）。二月、『妊娠カレンダー』（文芸春秋）、『シュガータイム』（中央公論社）刊行、「終わりのない小説」（「京都新聞」2・19）、「夕暮れの給食室と雨のプール」（「文学界」3）、「パーティのあれこれ」（「金光新聞」4・7）、「電話がつなぐ幸運の記録」（「婦人公論」6）、「私の心を熱くした人、貴ノ花」（「ミセス」6）発表。八月、佐野元春のＣＤジャケットに短編小説「無垢な恋」を寄せる（「Slow Songs」Sony Music）。「輪郭と空洞」（「海燕」10）発表。十一月、『余白の愛』（福武書店）刊行、「小説とワープロ」（「読売新聞」夕刊、11・1）。

一九九二（平成四）**年**　**三十歳**

「危うい気持ち悪さ」（「波」2）、「私の文章修業」（「主婦の友」3）。大ファンである佐野元春の曲をイメージした小説の連載を始める（「月刊カドカワ」6〜93・5）、「音楽と小説」（「きび野」6）、「見えないものを見る──『たんぽぽ』」（「新潮」6）、「最後の小説」（「文学界」6）、「『余白の愛』について」（「速記時報」夏号）、「薬指の標本」（「新潮」7）、「『愛の生活』とわたしの関係」（「海燕」8）、「死への遺伝子」（「群像」8）、「私の阪神カレンダー」（「文芸春秋」10）、「〝あの人〟の位置」（「新潮」11）、「子供の病気」（「中央公論」11）発表。

一九九三（平成五）**年**　**三十一歳**

「乳歯と盲腸」（「新潮」1）、「お料理教室」（「文学界」2）、「中国野菜の育て方」（「中央公論文芸特集」春季号）発表。四月、『アンジェリーナ〜佐野元春と10の短編〜』（角川書店）刊行、「一つの街がそこに発生した」（「月刊カドカワ」4）発表。「作られる病」（「新潮」5）、「アクリル製のシャツ」（「新潮」6）、「全作品について」（「月刊カドカワ」6）発表。七月、エッセイ集『妖精が舞い下りる夜』（角川書店）刊行。

一九九四（平成六）**年**　**三十二歳**

一月、初の書き下ろし長編小説『密やかな結晶』（講談社）刊行。六月末、日本を出発し七月上旬までアンネ・フランクの隠れ家やアウシュビッツなどを訪れ、アンネの日記を保存し、出版へと導いたミープ・ヒース氏に直接取材する。「死んでからもなお生つづけること」（「新刊展望」6）、「見えないものを見ようとした」（「中国新聞」6・21）、「アンネの日記を拾い集めた人」（「群像」7）、「けーばあちゃん」（「群像」8）、「六角形の小部屋」（「新潮」8）発表。「私のワープロ考」（「メタローグ」8・10）、「Kさんの震える字」（「群像」9）、「詩人の卵巣」（「小説すばる」10）、十月、『薬指の標本』（新潮社）刊行。「避味礼賛」（「週刊文春」11・17）、「朝日高校の制服」（「小説すばる」12）発表。

一九九五（平成七）**年**　**三十三歳**

四月から五月にかけてフランスのサン・マロで開催された文学祭に津島佑子とともに招待される。「サン・マロにて」（「群像」8）発表。八月、『アンネ・フランクの記憶』（角川書店）刊行。

一九九六（平成八）**年**　**三十四歳**

「理想のお正月」(「週刊小説」1・5)、「プラハのヘレナ」(「新潮」1)発表。三月、『刺繍する少女』(角川書店)刊行。「『受胎告知』の前で」(「ミセス」5)、「時の迷路を歩く旅」(「夢の旅」英国航空機内誌、7〜9)。「やさしい訴え」(「文学界」9)、「まぶた」(「新潮」)、「自分を映す鏡」(「あけぼの」10)、「バックストローク」(「海燕」11)発表。十一月、『ホテル・アイリス』(学習研究社)、『やさしい訴え』(文芸春秋社)刊行。「飛行機で眠るのは難しい」(「一冊の本」12)発表。

一九九七(平成九)**年**　**三十五歳**

「理想の小説　理想の男性」(「経営者会報」1)、「離れ小島幻想」(「読売新聞」夕刊2・5)、短編連作「寡黙な死骸　みだらな弔い」(「週刊小説」5・2号〜10・31号)、「一人で眠る」(「旅」6)、「黴とメタンガスと窒息死」(「文学界」8)、「あはれの記憶」(「毎日新聞」夕刊5・26)発表。

一九九八(平成十)**年**　**三十六歳**

「私の好きな歌」(「新潮」1)、「今年たのしみにしていること、してみたいこと」(「婦人之友」1)、「私が小説に書く海」(「かけ橋」1)、「日当たりの悪い家―父の本棚」(「文学界」2)発表。四月、「偶然の祝福」を「本の旅人」に連載する(4〜99・3)。五月、『凍りついた香り』(幻冬舎)刊行。「空白の大地」(「新刊ニュース」5)、「赤沢とせ」(「新潮　歴史小説の世紀」5臨増)。六月、『寡黙な死骸みだらな弔い』(実業之日本社)刊行。「物語はそこにある」(「星星峡」7)、「私の住む町倉敷」(「婦人公論」7・7)。「女がキレた男の言葉女をキレさせてしまった私の言葉」(「新潮45」8)、「匂いの特集」(「サントリークォータリー」58号、8)、「いい小説を書けと神さまが遣わした人」(「うつせみ」9)、「母と子の絆の物語」(「ミセス」9)、「引越しの手伝い」(「THIS IS 読売」11)、「晩秋の学生食堂」(「家庭画法」11)、「子育てとは偉大なる矛盾である」(「婦人公論」11・22)、「ラブ騒動」(「暮らしの手帖」12)、「静かに、静かに、静かに」(「週刊ホテルレストラン」12・18)発表。

一九九九(平成十一)**年**　**三十七歳**

「祈りながら書く」(「新潮」1)、「梯剛之さんのこと」(「日本経済新聞」夕刊、2・22)、「小説を書く」(同夕刊4・5)、「犬はかじる」(同夕刊、5・10)、「アンネ・フランクという名の少女」(同夕刊、5・17)、「ミープ・ヒース」(同夕刊、5・24)、「貴婦人Aの蘇生」(「小説トリッパー」夏季号〜1夏季号)連載。七月、二冊目のエッセイ集『深き心の底より』(海竜社)刊行。八月、「写真日記　原稿0枚」(「新潮」8)発表。

二〇〇〇（平成十二）**年　三十八歳**
四月、愛犬の写真入りエッセイ「ラブの現実」（「諸君！」4、のちに阿川弘之編『うちの秘蔵っ子』実業之日本社所収）。「パリの五日間」（「群像」9）、「アンネ・フランク展に寄せて」（「本の話」9）発表。九月、『沈黙博物館』（筑摩書房）刊行。「リンデンバウム通りの双子」（「新潮」10）、「ローズ・マリーという名前」（「VOGUE NIPPON」11）、「『沈黙博物館をめぐって』」（「ちくま」11）発表。十二月、『偶然の祝福』（角川書店）刊行。

二〇〇一（平成十三）**年　三十九歳**
「小説の行き先」（「潮」1）、「葬儀の日の台所」（「新潮」1）、「やっぱり犬がすき！　ため息の出る散歩」（「オール讀物」2）発表。三月、『まぶた』（新潮社）刊行。「一九八四年、雪」（「東京人」4）、「文学と触れ合う場」（「中国新聞」朝刊、4・19）、「まぶたとウイーンの関係」（「波」4）、「そこにいてくれる、ありがたさ―たった一人の親友との物語」（「婦人公論」5・22）、「死の気配に世界の深み知る」（「読売新聞」6・17）、「試合観戦の日」（「日本経済新聞」6・27）。七月、「ガイド」（共著『New history―街の物語』所収、角川書店）、朝日新聞夕刊「時のかたち」欄連載（7・24〜7・27）。「一遍の詩 悲歌のシンフォニー」（「新潮」8）。九月、日中女性作家シンポジウムが北京で開催され、出席する。詳細は「大地を踏みしめる足元と果てを見つめる目」（「すばる」12）に綴られている。「循環器内科待合室」（「群像」10）、「相手を思う気持ちを、形のない気配に変えて」（「婦人公論」11・7）発表。

二〇〇二（平成十四）**年　四十歳**
二月、『貴婦人Aの蘇生』（朝日新聞社）刊行。「お姫さまと嘘」（「一冊の本」2）発表。三月、夫の転勤のために兵庫県芦屋市に転居。「天才数学者たちに祈りを」（「波」6）、「黴と阪神タイガース」（「婦人公論」8・22）。

二〇〇三（平成十五）**年　四十一歳**
一月、オンデマンドブックスとして『薬指の標本』（新潮社）がリストに載る。四月、「ちょっと大人な絵本シリーズ」として、中村幸子の絵とともにツルゲーネフ原案の同名作品を自由に再解釈した『はつ恋』（角川書店）刊行。「風薫るウイーンの旅六日間」（「新潮」6）、「手書きのサリンジャー」（「文学界」6）「死に彩られたファンタジー」（「小説トリッパー」夏季号）発表。「博士の愛した数式」（「新潮」7）、八月、『博士の愛した数式』（新潮社）刊行。九月一日から十六日までフランス、ドイツに旅行をする。期間中にプロヴァンス地方のフーヴォーで文学フェスティバルに参加し、ケルンとベルリンで朗読会を開く。この詳細を綴った「アルルの廃墟」（「中国新聞」10・28）と「完成へと導く物語の声　鼓膜に触れる」（「中国新聞」11・25）がある。

二〇〇四（平成十六）年　四十二歳

一月、「大阪読売新聞」夕刊「潮音風声」欄にエッセイ連載（1・5～3・17）。「ブラフマンの埋葬」（「群像」1～2）発表。「博士の愛した数式」で読売文学賞受賞。台湾の作家である李昂との短編競作として「海」（「新潮」2）発表、「書かれたもの、書かれなかったもの―執筆年譜」、「2003猛虎日記」（ともに「ユリイカ―特集小川洋子」2）。「バタフライ和文タイプ事務所」（「小説現代」4）発表。四月、『ブラフマンの埋葬』（講談社）刊行。『博士の愛した数式』で第一回本屋大賞受賞。朝日新聞夕刊「地球クラブ」欄にエッセイ連載（4・3～5・29）。五月、「電話アーティストの甥」（「ダ・ヴィンチ」5）、「フーヴォー村と泉泥棒」（「本」5）発表。六月、「総論　古典から現代小説まで」（大庭みな子他編『テーマで読み解く日本の文学（上）―現代女性作家の試み』小学館）、「本屋さんは楽しい！」（「編集会議」7）、「私の週刊食卓日記」（「週刊新潮」7・8）発表。九月、米国の文芸に定評がある週刊誌「ニューヨーカー」に初の英訳作品として「夕暮れの給食室と雨のプール」が掲載される（9・6号、スティーブン・スナイダー訳）。十月、『ブラフマンの埋葬』で泉鏡花文学賞受賞。「ラブの散歩」（「クウネル」11）、「女は感動に磨かれる」（「婦人公論」11・22）、「あなたにできること」（「文芸春秋」12）発表。

二〇〇五（平成十七）年　四十三歳

「知らないでいる」（「群像」1）一月、「ミーナの行進」を「読売新聞」二月十二日から毎週土曜日朝刊に連載中。四月、藤原正彦との共著『世にも美しい数学入門』（ちくまプリマー新書）刊行、「消えた『昭和』日本人が失くした暮らしと心」（「文芸春秋」4）。「短編小説を読む醍醐味」（「小説現代」5）、「わが街―私の味倉敷」（「文芸春秋」8）発表。

（札幌大学助教授）

現代女性作家読本 ②

小川洋子

発　行——二〇〇五年一一月二〇日
編　者——髙根沢紀子
発行者——加曽利達孝
発行所——鼎　書　房　http://www.kanae-shobo.com
〒132-0031　東京都江戸川区松島二-一七-二
TEL・FAX　〇三-三六五四-一〇六四
印刷所——イイジマ・互恵
製本所——エイワ

表紙装幀——しまうまデザイン

ISBN4-907846-33-9　C0095

現代女性作家読本（全10巻）

原　善編「川上弘美」
髙根沢紀子編「小川洋子」
清水良典編「笙野頼子」
与那覇恵子編「髙樹のぶ子」
髙根沢紀子編「多和田葉子」
川村湊編「津島佑子」
与那覇恵子編「中沢けい」
清水良典編「松浦理英子」
原　善編「山田詠美」
川村湊編「柳美里」